天下篇，逍遙遊
七星劍，葫蘆酒
你就這樣長身去了江湖
自天涯滄桑風塵回来的你
大鐘鳴鼓，琴瑟竽笙
高台厚榭，邃野之居
或人何在？或人何在？
你又帶書攜酒配劍
從眼前到天涯，一路過去

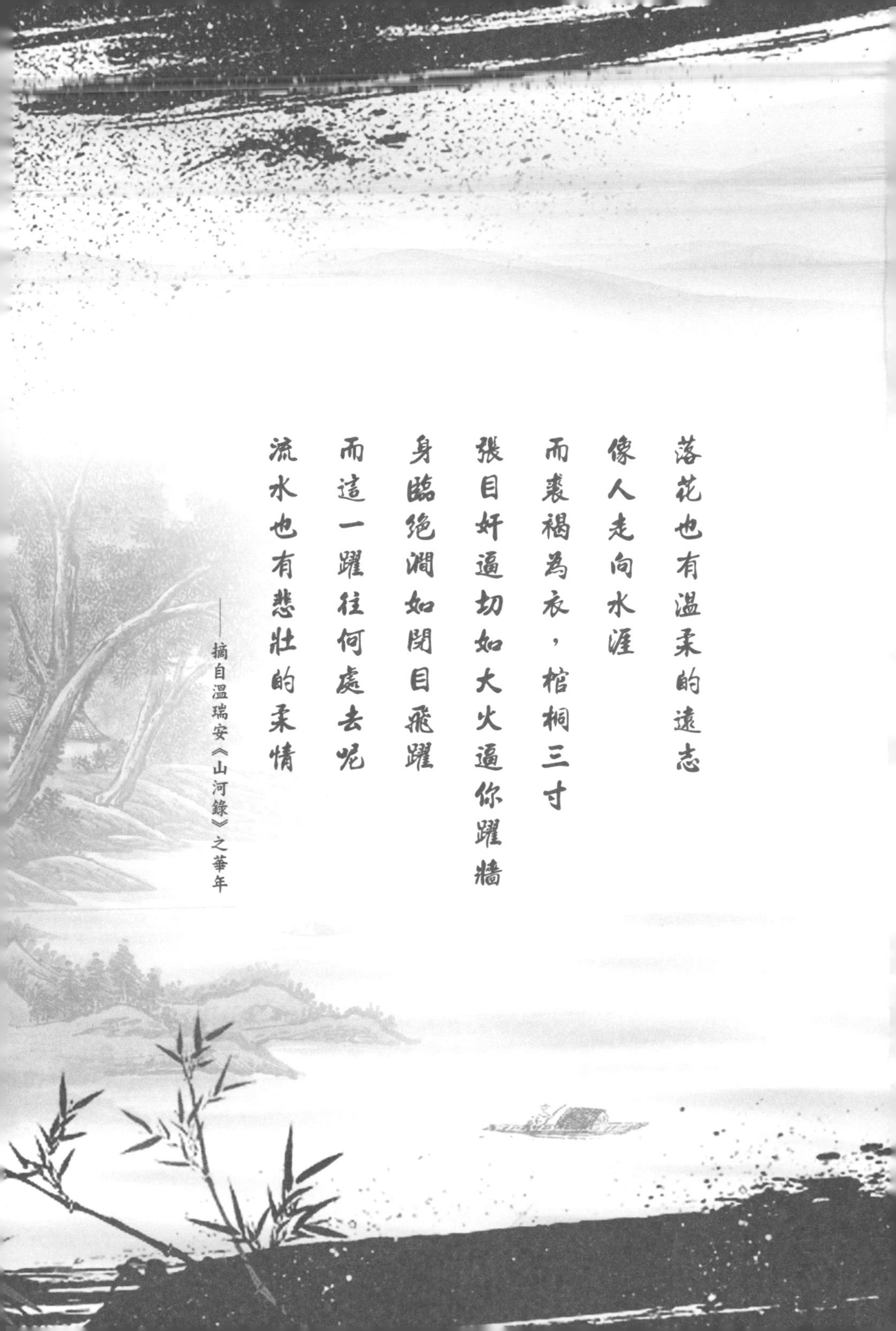

落花也有温柔的遠志
像人走向水涯
而裘褐為衣，棺桐三寸
張目奸逼切如大火逼你躍牆
身臨绝澗如閉目飛躍
而這一躍往何處去呢
流水也有悲壯的柔情

——摘自温瑞安《山河錄》之華年

武俠經典新版

說英雄‧誰是英雄系列

一怒拔劍

溫瑞安 著

下

說英雄誰是英雄系列

一怒拔劍

下冊

目錄

廿四　大開天、小闢地

就在任怨要慢慢把內力催熬兩人致死之際，任勞忽在他身邊說了一句話。聲音壓得很低的話。

「殺了他們，蛇無首不能行，不如留著有用。」

任怨害臊似的笑了一笑，緩緩收回內力。他在收回內力的時候，居然把溫夢成和花枯發的部份內力也吸取為己用。

溫夢成和花枯發要是在平時，只要能運功相抗，也不致如此輕易便被人吸取了內力，偏是他們先著了「五馬恙」，真力游散於體內經脈不能聚，故讓任怨輕易得手。

任怨的臉上掠起一絲喜意，以迅雷不及掩耳的手法點了二人啞穴，然後道：「你們既然真心加入，你們的徒弟當然也理應相隨吧？」

他轉過頭去看花枯發一黨的徒弟。

溫夢成這回一個徒兒也沒帶，這兒是花枯發一黨的總舵，今兒又是大壽，自然是徒弟雲集，任怨問的正是他們，一雙閃爍不定的眼睛，自一個個臉上逡巡過去。

這時，花枯發的逆徒「三十六著、七十二手」趙天容，已給押了下去。其他的門徒，則全聚集在大廳，不過都因好飲貪杯，全失了戰鬥之力。

任怨一個個的瞄過去：花黨裡幾個已成了名的徒弟：「丈八劍」洛五霞、「袋袋平安」龍吐珠、「破山刀客」銀盛雪、「前途無亮」吳諒、「孤獨劍」沙老田……全在這兒，未藝成的弟子：蔡追貓、何擇鐘、梁色、宋展眉……也都在場，連花枯發的獨子花晴洲，還有「發夢二黨」的三大護法吳一廂、龍一悲、霍一想亦在大廳裡。

任怨笑了。

笑得羞怯怯地。

「要先處決誰，」任怨為難地道：「我不大熟悉，不如讓熟悉的人告訴我。」

他拍拍手掌，立即就有人自堂內走了出來。

一共有三個人走出來。

三個人中有兩個人長相幾乎是一模一樣。

這兩人五官輪廓的酷似，已到了難以區分的地步。

可是誰也不會認為他們是一對兄弟。

因爲兩人的氣質，實在太過迥異。

一個十分肅煞。

彷彿他所在之處，天地無情，萬物無心，人無義。

不過，他腰間的刀，要比這一切更冷酷無情得多了。

另一個很溫和。

溫和得像一隻貓、一隻小白兔、一頭小梅花鹿。

當然，如果那人拔出了背後的刀，就立刻會變成爪子有毒的貓、長有毒牙的兔子、一頭扮成小鹿的狼！

他們真的是兄弟。

氣質完全不同的兄弟。

但出手之狠、行事之辣、作風之絕、刀法之毒，卻完全一樣。

大廳裡的群眾，就算沒見過這對兄弟，也聽過他們的名字：

襄陽蕭白。

信陽蕭煞。

——以「大開天」、「小闢地」刀法名震天下，和以「七十一家親」刀法名動江湖的蕭氏兄弟！

後面跟著的是趙天容！

——趙天容已給他們「釋放」出來了！

趙天容仍是戰戰兢兢的。

「你不要害怕，現在，他們已肉在砧上，要殺要剮，全都隨你的意，」任怨柔聲細氣的問：「依你看，這兒人不少，如果要殺傷幾個使花老頭兒痛心疾首、痛改前非的，你會選誰？」

趙天容仍然膽戰心寒，一時答不上來。任怨笑著拍拍他的肩膀：「你放心，他們都著了『五馬恙』，想動也動不了，你要是棄暗投明，跟我們合作，不但可弄個官兒做，在『發黨』裡你就當副黨魁好了。」

趙天容仍是愁眉莫展的道：「可是，師父仍是黨魁，我怎敢跟他老人家並比……」

任怨笑道：「誰說花老頭兒還是黨魁？他也當了幾十年啦，而今理應退位讓賢了。」

趙天容試探地道：「那麼……是哪一位德高望重的本門前輩擔此巨任？」

任怨笑道：「當然是你大師兄莫屬了。」

眾人望去，只見張順泰臉上紅一陣、白一陣，連耳根都赭紫了起來，趙天容忍不住道：「怎會是大師兄？」

任怨嘉許似的道：「如果沒有你大師兄，我們的『五馬恙』又往哪兒下？這些道上的哥姐兒又哪會這般聽話？」

趙天容訝然道：「大師兄，原來是你？」

張順泰忸怩了半天，才期期艾艾的道：「任二先生，你說過……不在當衆說出來的，怎麼又……」

任怨道：「這有啥關係？你大義滅親，獨擔巨任，人人都敬仰你嘛！反正咱們現在已大功告成，這些人都得聽命咱們，你犯不著當無名英雄……恙的功勞，明明是你的。」

張順泰尷尬地道：「這……」他只覺得大堂內數百雙眼睛正盯著他，都帶咬牙切齒的鄙夷與深仇，如果這些眼光都鑲有利刃的話，早已把他剁成肉泥了，尤其是師父那雙眼睛，簡直似是燒紅了的——不過他們不但不能向他動手，就算想動都動不了，這是絕對可以肯定的。

因爲他知道「五馬恙」的份量。

只聽花枯發發出一聲低吼道：「順泰，我待你一向不薄，你、你爲何要這樣作？」

張順泰想答，可是又不知該怎麼說是好？

任勞道：「你待他不薄？一天到晚在人前呼來喝去，誰願一輩子侍候你這孤僻老鬼？」

花枯發這回也不抗辯，只說：「順泰，你、你是這樣想的嗎？」

張順泰咬著唇、唇角向下彎，似下了絕大的決心才道：「我待你再好也沒有用！黨魁之位，你不是一樣交給晴洲！」

——花晴洲就是花枯發的兒子。

——他就只有這個兒子。

——花枯發中年喪妻，他當然疼他這個兒子。

花枯發只悲傷的搖了搖頭嘆道：「罷了，罷了！」

張順泰發了狠地道：「你對我不公平，一向都不公平，我是你的大弟子，爲你鞠躬盡瘁，但你待我只當是奴僕！」

「你錯了！」溫夢成痛心地道：「花師弟早在幾年前就跟我說過，他想把衣缽都授給你，只不過不希望你太早得意忘形，又恐你不肯刻苦求成，所以才忍著先不告訴你。」

張順泰退了兩步，愣了愣，忽然脹紅了臉，吼道：「我不相信！我不相信！我不相信你的鬼話！」

「大師兄！」花晴洲蒼白的臉與臉上的青筋恰成對映：「爹對我說過這樣的話：他叫我以後要聽你的話，絕不可以恃他的地位來逆你之意，真的！」

花枯發怒叱了一聲：「住口！是我瞎了眼！」

任勞笑了起來，嘖聲道：「原來你就是花老鬼的兒子。」還用手去擰他的臉。

張順泰呆立當堂。

「怎麼了？想做大事，沒有決心是不行的，」任勞又過去擰住張順泰的臉，把他的兩頰一合，臉肌都擠成一個怪異可笑的形狀，他那張幾乎已掉光了牙齒的嘴，就對著張順泰的鼻子在呵氣：「他們人之將死，說話討好，自所必然。怎麼樣？到底找誰先開刀，你說說看。」

張順泰左望望、右望望，大汗涔涔而下。

「別怕，」任勞拍拍他肩膀道：「今日一役過後，你就是這兒的大英雄、大豪傑，只有人怕你，你不怕人。」

張順泰卻連唇都抖了。

任勞又瞇著眼睛，笑了：「你不找人，總不成要我們找你先開刀吧？」

花枯發氣得眼都紅了：「畜牲！」

張順泰似下了很大的決心，才敢毅然抬頭，看人。

看他的同門。

——他的師兄弟們。

「破山刀客」銀盛雪、「今宵多珍重」戚戀霞、「袋袋平安」龍吐珠、「丈八劍」洛五霞、何擇鐘、「目爲之盲」梁色、蔡追貓、「掃眉才子」宋展眉、吳一廂、龍一悲、霍一想、管家唐一獨、還有花晴洲……

張順泰一時也不知指誰是好。

——誰給他指出，就是先遭殃。

平時對他不好的同門，早已嚇得簌簌地抖了起來。

有些師兄弟，平時欺這大師兄楞頭楞腦，愛佔他小便宜，而今卻落在他手上，不由他們不膽戰心寒。

人總是愛在自己得勢的時候欺侮人，總不去想他日被欺侮的人一旦得勢，會怎麼對付自己——當然，他們通常會把「想」的時間化作「阻撓」對方能夠得勢的行動。

他們現在面對的便是：

——張順泰會先找誰人報復？

——這大師兄會對誰先下手？

這時候，趙天容忽道：「大師兄不選，不如由我來選。」

眾人聞言，更是一驚。

趙天容與「發夢二黨」，可謂恩了情絕，剛才他爲了求生而「坑」師伯溫夢成，被花枯發下令嚴懲，這必使得趙天容更加心懷不忿，亟思報復。

張順泰畢竟跟花門「發黨」還有情義可言，至於趙天容，可又好色怕死，此刻他出來在任氏兄弟、蕭氏兄弟前「爭功」，狼子之心，至爲明顯。

任勞一聽，頓時樂花了眼，頷首撫綹著稀疏的灰髯，笑道：「好，好，你兩師兄弟就商議商議。」

趙天容這般一說，張順泰也鬆了一口氣。

要他殺傷同門，他也真個兒有點不忍心。

趙天容上前一步，在他耳邊說了幾個字。

張順泰沒聽清楚，說：「吓？」

趙天容又低聲說了一句話。張順泰還是沒聽清楚，只好又湊上了耳朵。

趙天容吸了一口氣，說：「你去死吧！」

張順泰這回是聽清楚了。

可是已經遲了。

趙天容已經動了手。

他一刀就捌進張順泰的肚子裡。

張順泰只覺澈心澈肺的一痛，功力一散，趙天容幾乎是一連、一刹那間，一氣呵成的刺中他三十六刀，張順泰的身子立即就變成了一道噴泉。

三十六道傷口的噴泉。

趙天容的外號「七十二手」可不是白來的。

以他而言，他只是「出手半招」。

張順泰便已給他砍倒了。

張順泰這麼一倒，他立刻就逃。

他的外號還有前半：「三十六著」。

——如此情境，自然要「走爲上著」。

可是他身形剛剛展動，信陽蕭煞的刀也展動了。

第一刀，趙天容就少了一隻手。

左手。

第二刀，趙天容就少了一隻腳。

右腳。

◇◇◇

沒有第三刀。

蕭煞出手，就只兩刀。

一上一下，兩刀。

兩刀之後，就收刀、身退，望向蕭白。

趙天容也不是沒有閃躲。

他有。

他總共一閃又閃，在短短的一瞬間，他已閃了三十六次，在場的只要是高手，就一定看得出來，他閃得如何的快、如何的巧、如何的敏捷！

不過依然沒有用。

蕭煞在出刀與收刀之間，趙天容就成爲一個「沒有用」的人。他再也不能逃走，甚或是反抗了。

蕭煞身旁的蕭白，卻微微嘆了一口氣，然後似是說了一句話。

誰都沒聽見他說的是什麼。

只有蕭煞聽見他兄長的話。

「你退步了。」

◇◇◇

「你……為什麼？」

這個問題，是從兩個人嘴裡同時問出來的。

一個是任勞。

一個是花枯發。

「我只好色，貪學絕藝，但絕不背叛師門，絕不出賣同門……」趙天容嘴裡湧出了血，喘息道：「我以為師父是真的痛恨師伯，才會附和誣陷他……至於大師兄的作為，我是寧死不幹的。」

任勞嘿聲笑道：「所以，你只有死了。」

花枯發已經忍淚不住，簌簌而下：「好！你還是我的好徒兒！」

趙天容慘笑道：「師父！」

任勞揚聲道：「那麼，有誰過來使這位花先生的好徒兒一命歸西？」

「我。」

這連任勞都覺得有些微意外。

因為說「我」而且正行出來的人，居然是任怨。

任怨一向都很沉得住氣。

任怨要比任勞至少年輕四十歲，可是，任勞最清楚任怨的定力與手段。

看來，他甚至還有點不忍心起來。

廿五　食人間煙火

任怨也沒怎麼動，一步就走到趙天容面前。

他們之間本來隔著好幾人，相距好幾步路。

可是任怨還是一步就到了趙天容的身前。

他走路就像「滑行」一般，除了膝蓋微微一震之外，全身彷彿都沒有動過。

趙天容突然摸出一把刀子來。他一刀刺向自己！

任怨一伸手，已拿了他的刀，就像輕描淡寫地摘下一粒果子。然後他就像拈花一般的手，迅疾地點了趙天容的穴道，拍了拍手，就有幾名大漢應聲而出。

任怨道：「先替他止血再說。」又補了一句：「用上好的金創藥。」

大漢們都如雷似的一聲應他。

這下不但是溫夢成和花枯發大感詫異，連任勞也大爲驚奇。

「發夢二黨」的三大護法，畢竟是在江湖上刀尖口狂風暴雨裡走上岸來的人，見多識博，吳一廂率先冷哼道：「貓哭耗子，不知安的是什麼心！」

龍一悲道：「趙天容，你好歹已亮了一次漢子，過去的事一筆勾消，天大的事兒，咱『發夢二黨』都替你頂著，你可不能再丟人現眼！」

霍一想道：「士可殺、不可辱，有種就把咱們都一刀宰了，看江湖上的英雄好漢饒不饒你們！」

趙天容已痛得不知還能不能聽到他們的話？縱能聽見，嘴裡已應答不上來。

任怨眉兒一挑，回首望龍一悲、霍一想和吳一廂，滿臉欽佩的樣子：「三位真是好漢子呀！」

三人分別冷笑、冷哼、冷著臉不睬他。

任怨嘖聲道：「可惜，他已流了那麼多的血，又那麼痛，你們還是要硬逼他當好漢，這……不是太自私了些嗎？」

三大護法已下了決心不答他。

任怨無奈地嘆了口氣：「你們知道痛是怎麼一回事嗎？」

這是個怪問題。

就算龍一悲、霍一想、吳一廂要回答，也不知如何作答是好。

任怨居然自問自答。

「你們不知道嗎？我可知道。你們只要也痛一痛就嚐著味兒了。」

廢。

話一說完，「發夢二黨」的三大護法，龍一悲、吳一廂、霍一想，全都成了殘廢。

事情發生得太快了。

人人都防著任怨會出手，但都不知道任怨會出手得這般突然、這樣快！

就算他們已經提防著、而且都能運功自如，也不一定有用。

因爲任怨的出手太快、太突然了。

他一刀就割斷了吳一廂的聲管，剮去了霍一想的雙眼。

在驚呼與怒喝聲中，吳一廂和霍一想已然中刀。

任怨用的正是趙天容的匕首。

龍一悲怒叱道：「你……敢傷我的兄弟……」就在這時候，他覺得下盤一陣熱辣。

就在剛才任怨向霍一想和吳一廂出刀的時候，他也看到自己眼前曾漾起了一片刀光。

刀光一閃即沒。

可是他卻沒感覺到痛，也沒有中刀的感覺。

倒是跟自己並肩作戰多年的兄弟：吳一廂成了啞巴，霍一想成了瞎子。

他正叱喝怒罵之際，忽然，覺得自己腰下淌出了一些東西。

他低頭一看：

原來是血！

——為什麼會有血？

——從哪裡流出來的？

就在這一錯愕間，他不自覺的想移動。

他中了「五馬恙」，手腳本就不能動。

不過身子仍是可以作輕微的移動。

他這一動，就完全失去了重心——

因為，他的雙腳已離開了他的身子！

——血就是從那兒流出來的！

——他的雙腳斷了！

任怨那輕描淡寫的一刀，同時毀了三個人：

把霍一想變成瞎子。

把吳一廂變成啞子。

把龍一悲變成了個無腿之人！

全場震動。

任怨淡然收刀，吩咐道：「替他們敷藥，用上好的止血藥！」

大漢們又如雷的應聲：「是！」

「是」了之後，忽有一人怒不可遏的叱道：「是你媽個屁！」

眾人都是一呆。

只見一人如同一隻白鳥，飄飄然但又極其迅疾地，已越過眾人頭頂，唰地一聲，一幅神清骨秀的山水，直蓋向任怨的臉孔！

任怨這一回，真的是大吃一驚。

他不知道居然還有人能在著了「五馬恙」後，還能跟他動手。

而且武功不凡。

出手也快到不可思議。

可是任怨的反應也快到不可思議。

兩人迅速地交換了數招，在場中有的是江湖上響噹噹的角色，但誰都看不清楚，在這電光火石間，誰向誰攻了什麼招？誰吃了虧？誰得了手？

只不過他們兩人自己，卻是心知肚明。

◇◇◇

出手的人當然是方恨少。

他一直都在跟溫柔爭辯，然後又弄不清楚：趙天容究竟是忠的？還是奸的？張順泰是好人？還是壞人？

場中變化，更是倏忽莫測：趙天容突然殺了張順泰，更令他大感錯愕，一時腦裡轟轟發發的，不知如何分辨忠奸對錯。

然後，局面急轉直下，蕭煞出刀，趙天容重傷，他仍愣在那兒，一時忘了出手。

不料任怨出來，替趙天容療傷，他以為有「好人」出來主持「正義」了，便想看定些兒再說。

不料，任怨一出手，就重創了龍一悲、霍一想、吳一痾。

直到這時，方恨少忍無可忍了。

——此可忍孰不可忍也！

——太殘忍了。

——及至溫柔用肘撞方恨少一把，道：「你……你還不去制止他們……」

方恨少頓時豪氣霓生、英氣斗發、勇者無懼、一往無前，破口罵了一句便撲了過去，一出手，就是當年方試妝所創的「晴方好」，手中「蟬翼扇」，直拍任怨臉門。

正當這一招攻出，一把寒匕，不知怎的，已突破扇子的防守，閃入中門，急刺向他的腹際。

任怨竟然不避！

而且反攻！

立即反攻！

方恨少可不願跟他同歸於盡。

他沒有想到對方會不避而搶攻！

他的身子像游魚一般，在千鈞一髮的剎那，閃了過去，他的扇一翻，扇背轉拍任怨背門！

這下妙到顛毫，饒是任怨武功再高，一刀捌空之下，就算收勢得及，背後也得要中招！

可是任怨人不回轉，一掣手，刀已脫手飛出，直釘方恨少咽喉！

方恨少嚇得大叫一聲，及時迴扇一封，「叮」的一聲，刀尖射在扇面上，斜飛而出，竟射向任勞！

任勞皮笑肉不笑，晃身、錯步，縮肩藉勢一頂，那柄刀便再反彈射而出，釘入「孤獨劍」沙老田的心窩！

可憐沙老田本也是武林中成了名的人物，只因中了恙，動彈不得，糊裡糊塗的就一命嗚呼了。

任怨反守爲攻，兩招取得先機，便著著搶先，雙掌微攏，形如竹葉，指如鶴鑿，正要發出攻擊，忽見方恨少扇背上寫著五個大字：

「食人間煙火」

方恨少扇面上是繪著一幅秀媚清脫的遠山近水，但在第二次攻擊時已翻轉過來，這一面只寫著這五個字，右下角有個款題朱印。

任怨一見，愣了一愣，方恨少變招何等之快，扇子一合，已改向任怨咽喉。

任怨尖嘯一聲，兩片「竹葉手」，已飛啄方恨少的左右太陽穴。

任怨看來秀氣、斯文，還帶有些害臊，可是一旦出擊，竟無一招自守！

方恨少可不想跟任怨拚命！

方恨少一向都很珍視自己的命！

命只有一條！

方恨少一向都怕死。

他只有收招，在這生死一瞬間，他突然像被當胸一腳「踢」到後面去似的，剛好躲過任怨的攻擊！

任怨的臉青了。

有些人喝了酒，臉不會紅，反而會發綠——一種蒼寒的慘青！

任怨的臉色就是這樣子。

他停也不停，頓也不頓，如白鶴一隻，變成一隻白鶴。

在剎那間，他攻了方恨少三招。

方恨少都在千鈞一髮間，似被人「踢」了起來，又似被人「拋」了出去，更似給人「扔」了過來。不管是滾去還是跌退，總是在生死存亡一瞬間，險險躲過了任怨的攻擊。

任怨三招落空，又攻了三招。三招不成，再攻三招。三招失敗，又再攻三手。

至此，方恨少已全無還手之力。

不過，他就是有辦法讓任怨的攻勢沾不上他的身子。連衣袂也沾不上。

任怨忽然收招，長吁一口氣，狠狠地盯著方恨少。

方恨少也舒了一口氣，吐了吐舌頭，縮了幾肩，道：「好險！原來你是『鶴立霜田竹葉三』！」

他向一旁的任勞瞟了瞟眼，笑說：「那你想必是『虎行雪地梅花五』了。」

任勞陰陰一笑。

方恨少逕自道：「剛才我一時情急，罵了句鄙俗之語，真是有失斯文，說來慚愧……」他居然還對剛才那一句罵人的話，愧疚於心，但說到此處，正與霍一想、龍一悲、吳一廂站得極近，只見吳一廂傷在喉嚨，刀傷極細，但剛好切斷了他的聲管，龍一悲更慘，膝蓋以上全分了家，血流了一地，霍一想兩隻眼睛，竟被剜了出來，眼球落在地上，眼珠還死瞪著，眼球的血筋子還掛在臉上，血肉模糊！三個人都痛苦不堪。

——任怨一刀連廢三人，雖說三人都無躲避之力，但力道全然不同：砍腿要用力刀，破聲要用快刀，挖目更要用巧刀。

——任怨輕描淡寫的出刀，卻運用了三種迥然不同的刀勁！

——可是這麼殘忍！

——這般不拿人當人！

方恨少怒氣上沖，忽又發現，剛才自己格飛的一刀，卻誤殺了一名「發黨」的子弟，更是火上加油，罵道：「王八蛋！他奶奶的，你們到底是人不是？」他這頭還爲自己失言失禮而道歉，這頭便又破口大罵了。

任怨指了指他的扇，道：「蟬翼扇？」

方恨少「霍」地張開了扇子，然後搧了幾搧，瀟而灑之地道：「有眼光。」

任怨指了指他腳腰，道：「『白駒過隙』步法？」

方恨少左手負後，雙眉一軒，吸氣挺胸，傲然笑道：「有見識。」

任怨這回指了指他，道：「書到用時『方恨少』？」

「我一向都很謙虛，滿招損，謙受益嘛；」方恨少灑然的道：「其實，書我是讀得不少了。」

溫柔越眾而出，道：「書呆子，你跟他們打什麼交道嘛！還不趕快把這些人擒住，逼他拿解藥給大家！」

方恨少這才省起。

任怨仍寒著臉。

對著他。

方恨少只好對他一笑。

任怨不笑。

這看來羞人答答的年輕人，不笑的時候十分可怕，就像一座冰山，但山又似是燃燒著怪異的妖火。

方恨少只好道：「你有沒有注意到？」

任怨敵意的看著他。

方恨少指了指他自己的牙齒，道：「我的牙齒很白。」

任怨更加不解。

事實上，方恨少的話，場中亦無人能解，包括溫柔。

方恨少又指了指任怨的唇，道：「你的嘴唇卻很紅；」然後又補充道：「可惜牙卻很黃，你以後應該多注意清潔一下。」

然後他正色道：「好了，我們寒暄過了，我們算是朋友，你可以把解藥交給我了。」

方恨少這樣說法，連溫柔都傻在當堂。

◇◇◇

任怨有回應。

他以一種最強烈的反應來回答方恨少的話。

不止他一人。

還有蕭煞！

更有蕭白！

廿六　——誰敢不吃!?

任怨身形甫動，方恨少便感覺到自己身上，至少有三處死門，都控制在他的掌下。

可是掌還不是最可怕的。

可怕的是他的腳。

左足。

任怨的左腳吊起，平舉齊腹，踝直如刃，隨時都可能會踢出。

方恨少只覺自己喉核發涼、額角發麻、顴骨發酸，但他卻不能確定對方會踢他什麼部位。

他一面閃，一面怪叫道：「喂，你這人，怎麼說打就打——不，連打也不說一聲就——」

他的話未完。

他的話說不完。

因爲任怨已經踢出了那一腳。

「鶴立霜田竹葉三」是元十三限成名武功之一，當年，這三記「竹葉手」和「雷鶴腿」，大江南北多少英雄好手，全都折在這一檔下：

——方恨少又如何？

◇◇◇

方恨少避過了。

他居然避過了。

險到了極處，可是他還是避開了。

「白駒過隙」步法畢竟是昔時武林第一奇女子方試妝所創的閃身法，只要方恨少已開始避，任怨就沒有辦法把他攔下來。

方恨少避開了任怨要命的一擊，可是又突然掉入了天羅地網的殺氣裡。

蕭煞的刀。

更加要命。

刀起的時候，映照著方恨少失驚失措的臉。

刀落的時候——
刀落了一個空。

◇◇◇

方恨少已不在了。

——好端端偌大的一個人，怎會「不在了」呢？

可是他偏偏就在刀落下的剎那，一晃丈外，就已閃了出去。他一面閃動，一面向溫柔掙聲大叫：「不行了，他們狠得很——」

說到這裡，他就看到了一片不狠的刀光。

感覺到溫和的刀意。

親切的刀。

這使得他不想閃躲：那一刀就像情人的吻——誰會去躲避情人的熱吻？

所以蕭白這一刀就要了方恨少的命。

幾乎。

刀已切入方恨少的肌裡。

頸部。

刀鋒畢竟是寒的。

刀傷畢竟是痛的。

這一寒一痛，使方恨少驀然而醒，及時一扭身。

——方試妝的身法「白駒過隙」，只要是開避施展，就沒有辦法可逮得住！

方恨少在生死之間打了一個轉回來。

他仍是避過了。

但已受了傷。

血——已開始從頸側攢流入他的胸際。

他恐懼起來了，怪叫：「我受傷了，天啊！我受傷了……」

他一怕，步伐便亂了。

他沒有注意到後頭。

後頭有一隻老虎。

——一個比虎還殘暴但比狐狸還精的老人。

任勞。

◇◇◇

方恨少再想閃躲，但，已無及。

任勞一出手，就制住了他五處要害。

他只有一雙手，可是一動手就好像變成五隻，五隻手廿五隻手指就釘死在方恨少的死穴上。

◇◇◇

方恨少「敗」得並不冤。

朱月明的兩大愛將：任勞、任怨，同時對他出手，還有「八大刀王」中的兩大刀王：蕭白、蕭煞也聯手夾擊。

他終於還是大意中伏。
終於還是在任勞的「虎行雪地梅花五」上吃虧。

任勞的出手，就像是一頭在雪地裡無聲無息潛匿著的老虎。

方恨少一旦受制，蕭白和蕭煞的刀也就同時到了。
方恨少已不能動。
不能動就是不能閃躲。
所以他只有死。
方恨少是從來沒想到會不明不白、莫名其妙的就死在這裡的。
他當然不想死。

——可是那有什麼辦法？死亡從來不與人約好時間地點的。

方恨少沒有害怕。

因爲他已來不及。

刀，實在是太快了。

一如情人的吻，一如索命的魂。

◇◇◇◇◇

任勞忽吐喝一聲：「住手！」

刹那間，刀光陡頓。

停不住。

但又不能不停。

所以刀只有互擊，震出星花。

星火濺在方恨少臉上。

只差一寸——方恨少就要人頭落地。

蕭白和蕭煞是住了手。

可是他們臉上充滿了不解與疑惑。

任勞只慎重地向他們搖搖頭，又沉緩的搖了搖頭，指了指方恨少的頭，無奈地道：「殺不得。」

◇◇◇

「殺不得」？

——為何殺不得？

這連方恨少都不明白。

雖然他現在亟希望自己是「殺不得」的人。

◇◇◇

溫柔一見方恨少遇危，她就出手。

她也有刀。

她的刀法卻學得不太好。

因爲她學的時候，太不用心。

——一個人要學好一件東西、做好一件事，首要便是用心和專心。

不過她的輕功卻很不錯，只怕跟方恨少的「白駒過隙」亦相距不遠。

——紅袖神尼的「瞬息千里」身法，只要學得一、二成，在武林中至少已達到可自保之境。

因爲沒有人能傷得了她。

紅袖神尼見溫柔無心學刀，便哄著、逼著也要她學成「瞬息千里」的輕功。

——打不過人時至少可以逃命。

可是在這種危局裡，溫柔能不能自保呢？

◇◇◇

溫柔像一隻燕子般掠向方恨少。

溫柔不是要自保。

而是要替方恨少解圍。

可是也有一人如黃鶯般掠了過來。

也是女子。

而且居然也是用刀的。

溫柔也不打話，出刀。

那女子亦不發一言，還刀。

◇◇◇

對溫柔而言，感覺上如同是下了一陣雨。

落花人獨立，

微雨燕雙飛。

便是這樣一場商略黃昏雨！

對方每一刀，一出，便收。如果是攻對了，對方以最少的時間、最快的速度、最短的距離、最輕的力道，已一擊得手，即刻退身，連想要跟她拚個兩敗俱亡的機會也沒有！

如果是攻錯了，對方已馬上收刀，即刻警省，把錯處和破綻補正過來，出招和收招都那麼詭異迅疾，令人根本無法發現她的空門，也無從閃躲。

溫柔的每一刀，剛發出，就給她截住了。然而她發刀卻浮移不定、鬼神莫測。

溫柔截不住——

也接不住。

反正都接不住，她只有拚了。她一面豁了出去，狠命出刀，一面大叫：「小石頭，不行了，你快來呀！」

她本來也想叫喚白愁飛。

——可是那個死鬼見愁又不知窩在什麼地方辦他見鬼的公事去了。

——叫鬼見愁來救，不如省了這口氣。

所以她只叫王小石。

溫柔一面叫，一面出刀。

她的對手當然就是「女刀王」兆蘭容。

◇◇◇◇◇◇

兆蘭容創了一套「陣雨廿八」的刀法。

刀已不重要。

刀法才重要。

她唯一優點：以招式取勝。

她創下了這一套刀法，使得她成爲能躋身入「八大刀王」的唯一女子。

她早已想跟天山派的「紅袖刀」一比高下。

所以溫柔一出手，她便出刀。

她很快的便佔了上風。

溫柔若刻意攻防，她反而以快打快，如同驚風驟雨，縱控全局；可是溫柔一旦無法戀戰，隨意發刀，志在逃走，「紅袖刀訣」精巧綿密的特性反而盡露，她也一時取之不下。

本來，她輕易能以刀比刀，佔了上風，心中正喜，但遂而發現，並不是「紅袖刀法」不如「陣雨廿八」，而是使「紅袖刀訣」的人，武功練得太不濟事之故。如果換作另一強手，把這套刀法盡情發揮……

兆蘭容無法把溫柔砍倒。還有一個原因：

溫柔的身法。

瞬息千里。

這身法居然比她的刀法還倏忽莫測！

◇◇◇

溫柔一叫，立即就有一個人像一粒石頭般的「扔」了過來。

人是人，不可能像一粒石頭。

偏是這人衝過來的姿勢就像是一粒石頭。

一粒被人「擲」過來的石頭。

溫柔一眼便看出他不是王小石。

那人手上居然也有一把刀。

一把可憐的刀。

這人竟然還一刀砍了過來，就像柳拂堤岸一般無依。

溫柔在百忙中封刀一格。

這一刀是架住了。

可是那人的頭一低，一頭就撞在她懷裡。

那人的頭直比石頭還硬。

溫柔一時痛得五臟六腑似全絞在一起，眼淚鼻涕齊出，兆蘭容已擬一刀對準溫柔的脖子就砍下去——

就在這時，忽有人沉聲道：「殺不得。」

由於任勞曾叫過這句話，兆蘭容一時錯覺，手下一頓，這才發現說話的人是一名眉粗目大，但樣子卻十分溫馴的漢子。

漢子手上拿著一件衣服。

衣服上還有針，也有線。

這人倒似是本來還在縫著衣服，但因忽然著了「五馬恙」，便不能動彈，當然也不能繼續縫衣了。

——這本來是花枯發的壽宴，這漢子難道是來壽宴上縫衣的？

◇◇◇

兆蘭容的手，只頓了頓。

頓一頓，就是停一停的意思。

她發現叫停的，不是任勞，她的刀便逕自砍下去了。

同一時間，那像一粒石頭的人，又似一顆石頭般激飛了過去。

這次是飛向那縫衣的漢子。

這像一粒石頭的人，當然就是蔡小頭。

蔡京麾下，「八大刀王」中的「伶仃刀」蔡小頭。

◇◇◇

局勢分明不過。

兆蘭容和蔡小頭「兵分兩路」。

一個要殺溫柔。

另一個要對付那縫衣的漢子。

◇◇◇

局面的變化也很簡單。

而且也很突然。

縫衣的漢子乍然而起，與蔡小頭空中對掠而過。

蔡小頭一刀砍空，一件衣服便罩在他頭上，他登時天烏地暗，手舞足蹈的落了下來，摔得碟碗菜餚齊飛。

兆蘭容只覺眼前一花，溫柔已給那漢子挾在腋下。

兆蘭容立即出刀，但左眼下一麻。

然後是一陣刺痛。

兆蘭容在震恐之下舞刀疾退。

同時間，兩片刀光，一狠一親切，各迎向那漢子。

那漢子左手仍挾著溫柔。

人卻掠往右邊。

右邊展刀的是蕭白。

蕭白正要給他迎頭痛擊，忽然覺得握刀的手，像給什麼東西黏住了似的，一動，便有一種割肉似的刺痛。

他一驚。

立刻跳開。

這才發現，他的右手五指都纏住了線絲。

——以蕭白武功之高、刀法之精、反應之速，竟然也不知道這條線是在何時纏在自己手上的！

蕭煞的刀，在背後追擊那漢子。

他眼看斬不著那漢子，便去砍那漢子腋下挾著的溫柔。

那漢子也沒轉身，手卻伸了過來，好像摘花折枝一般，勃的一聲，蕭煞的刀便被拗斷了。

那漢子兩指一彈，把斷刃飛彈而出，任勞、任怨正要截擊，但一見那刀來勢，急急一起一伏，飛身避開。

待再要追擊時，那漢子已不見了。

溫柔也不見了。

當蔡小頭甩掉罩在頭上的衣服時，只見任勞、任怨，全都面面相覷，蕭白和蕭煞，正愣愣發呆。兆蘭容左邊臉頰上，有一個小紅點，緩緩淌下一條血河來。

她是給針刺著的。

任勞駭然說道：「大折枝手？」
任怨悚然道：「小挑花手？」
任勞道：「是他？」
任怨道：「是他！」
任勞道：「幸好，他不似是插手我們的事。」
任怨道：「他只救走了溫柔。」
任勞道：「少一個溫柔，那算不上什麼。」
任怨道：「這兒的局面還是在我們的控制之下。」
任勞自驚惶後又漸恢復了他那陰惻惻的樣子：「所以……」
任怨又回復原來弱不禁風、羞不自勝的害臊模樣：「所以那兩杯酒仍在我們手上。」
任勞還故意問：「哪兩杯酒？」
任怨接口應道：「一杯是有『五馬恙』的酒，大家都已喝過了。」
任勞道：「還有一杯呢？」
任怨道：「另一杯是我們現在要敬大家的。」

任勞陰笑道：「這是敬酒囉！」

任怨道：「要是敬酒大家不喝嘛……」

任勞接道：「那只有喝罰酒了。」

任怨指了指在血泊中的趙天容、張順泰、霍一想、吳一廂和龍一悲等人道：「他們喝的正是這種酒。」

然後他很溫和的向溫夢成和花枯發道：「如果我敬你酒，你喝不喝？」

他又補充了句，道：「要是喝了，裡面當然下了藥，你們要是沒有貳心，只爲朝廷效命，我們便會依時給你們解藥，要是不喝……你們都有家人、親人、門人，敢不喝嗎？」

他等花枯發和溫夢成的回答。

忽聽一人道：「等一等！」

任勞、任怨霍然回身，又見到那漢子，就站在門口，他腋下的溫柔已「不見了」。

廿七　那漢子

又是那漢子！

◇◇◇

任勞笑得已有些勉強：

「朋友，我們已放你一馬，你怎麼又……」

那漢子依然左手有線、右手有針，道：「你們沒有放我，我也不想管你們的事，我只跟你討回一個人。」

任勞這才神色稍定。

「誰？」

那漢子用手指了指無力地倚在牆角的方恨少，道：「他。」

方恨少笑嘻嘻地道：「我早就知道你不會只救溫柔不救我的。」
漢子道：「錯了。」
方恨少一愣：「什麼錯了？」
漢子道：「不是我要救你，是溫姑娘要我救你，否則，她不願跟我走。」
方恨少覺得很沒意思：「那麼，不是你要救我，而是溫柔要救我？」
漢子道：「誰要救你？」
方恨少道：「誰要你救？」
漢子也愣了一愣，詫然道：「你不想活啦？」
方恨少道：「你要救就讓你救，我不是很沒面子？」
漢子道：「面子重要還是性命重要？」
方恨少答：「面子。」
漢子爲之氣結：「那你是要臉不要命了，荒唐！」
方恨少道：「那你想必是要命不要臉的人，無恥！」
漢子嘿聲道：「好，愛走不走，在你，你不走，我可走了！」
方恨少倒有點急了起來：「慢著，你要是救不了我，怎樣向溫柔交代？」
漢子道：「好，我就跟她說，你不讓我救，我又有什麼辦法？」

「溫柔和我是什麼交情！」方恨少恐嚇他道：「我深知溫柔的爲人，我不走，她也不會離開的。我知道你來京城是爲了溫柔，沒有她，你交不了差！」

漢子淡淡地道：「這你可錯了。」

這次輪到方恨少奇道：「錯了？」

漢子道：「反正我已找著了溫姑娘，我點了她的穴道送回去一樣可以交差。」

他居然向方恨少說教了起來：「你要爲一個人好，要救一個人，只要存心是善意的，就不必計較用什麼方式、使什麼手段，也不必太計較別人是否誤解你，去理會旁人會不會原諒你的。」

然後他又補充道：「還有，剛才你告訴溫姑娘『恙』字的出處，我有點意見。『雲笈七籤』裡曾有記載：『黃帝得微蟲蛣螻，有大如羊者……獸名恙，如獅子，食虎面循，常近人，來入室，人畏而患之……』這樣說來，恙即是意，既非憂，亦非病，也非蟲，而是古人所畏忌的一種猛獸。漢朝蔡邕爲仇家逼害誣陷時，在『徒朔方報幸月書』中有云：『幸得無恙，遂至徒所，自城以西，惟青紫鹽也。』這『幸得無恙』，應該便是安然度過危境，倖免於仇家毒手之意。」

他冷哼一聲又道：「你明知溫姑娘怕蟲，便故意嚇唬她，說恙就是蟲。」

「故意嚇唬她？」方恨少叫了起來：「我只是沒把書讀好而已！」

那漢子這才有了點笑容：「總算你自己肯承認：讀書不精，怨不得人。」

方恨少索性撒賴到底：「你這讀聖賢書的，不肯救人於水深火熱之中，難怪淪落爲縫衣漢！」

那漢子臉上突然出現一種少有的激動：「你再說，我就刺瞎你！」

方恨少看他激動得每一根面肌都抽搐起來，倒是真跟教「恙」上了臉一般。

方恨少不覺暗自驚心，強說：「不說就不說，有什麼了不起，有本領就把大家都救了，不然就算把大夥兒都刺瞎了，還只是個補衣縫褲的……」

那漢子大吼一聲，手中的針一抖。

劍氣撲面而至。

細針僅長寸餘。

但這樣一口細針，竟發出越過丈外的劍氣！

那漢子手中的針，便是他的劍。

這種「劍」，已不是以形成劍，而是以氣禦劍，成了「氣劍」！

那漢子這時使出的正是「氣劍」！

任勞、任怨、蕭煞、蕭白、蔡小頭、兆蘭容等人，都知道那漢子的厲害，也都知道那漢子絕未曾中恙。

——這樣的人，還是少招惹爲妙；眼看他救了溫柔就走，心中正舒了一口氣，卻沒料他又倒了回來，原來是爲了方恨少。

他們心想，就算那漢子要救走方恨少，也姑且由他，反正，方恨少不是目標，讓他救走了也好。

卻不料方恨少看似嬉皮笑臉的，但卻甚有俠氣，千方百計要激那漢子出手相救座中群雄，任勞等正感困擾，忽見那漢子與方恨少一言不合，便向方恨少驟施辣手！

——敵人「鬼打鬼」，互相殘殺，免卻自己動手，自是最好不過的事！

任怨正想袖手旁觀之際，忽然發覺了一件事！

劍氣突然一折！

這一折，使得劍氣更盛！

——劍是直的。

劍不能折。

只有以氣所馭的劍才能曲折自如！

劍氣竟急取任勞！

任怨大叫一聲，雙掌一封，但覺掌心兩下刺痛，情急一個霜田鶴，騰身而起，扭身急退。

當任怨落地定神之際，才發覺他手心多了兩點紅，正在冒血，而他的夥伴已然受制。

蕭氏兄弟、蔡小頭和兆蘭容全定在那兒。

任勞已不能動。

他的下巴被一物頂著。

針。

那是一口比劍還可怕的細針。

細針就拈在那漢子的手裡。

任怨這才深深體會到朱刑總說過的話：「一個真正的高手，他手上任何事物，都比庸手手上的殺人武器更可怕、更難應付。」

任勞臉上再無陰笑。

只有驚惶。

看他的樣子，倒似巴不得趴在地上求饒。

偏是細針抵住他的下頷，使他連話都說不出口，點頭也勢所不能。

那漢子道：「解藥。」

任勞很想回答。

可是他不能開口。

一張口，咽喉就多了一個洞。

所以只有任怨回答：「什麼解藥？」

那漢子也沒叱喝，但讓任怨徒然感到一股煞氣逼來，使他不由自主的退了半步：「廢話！」

任怨只好竭力把時間延長：「你要救這些人？」

那漢子不答。

他的手只微微地動了動。

任勞痛哼一聲，求饒地看著任怨，雙目盡是哀憐之色。

任怨看了，也覺咽喉有點發麻。

他強自鎮定的說：「這干人與你非親非故，閣下要走，大可自如，要帶走方公子，亦無妨無礙，何苦要跟我們作對？」

那漢子問：「你們？你們是誰？」

任怨沒料自己的一番話反引起他的詰問，只道：「我們？就是我們呀！」

陡地，一陣急風急撞而至！

任怨急使連環「霜田鶴步」，雙掌一撮，竹葉手正待穿出，驀然發現來人正是任勞！

他把要攻出去的竹葉手一收，一把攔腰抱住任勞，並藉任勞衝來之勢躍開丈餘，身子微蹲，正要覷定戰局，不料只覺頸邊右側微微一涼。

他登時整個人僵住了。

那漢子就在他的右側。

——貼得那麼近，但全無聲息。

那漢子右手的針，正點在任怨的右頸上。

而他左手的針，仍抵住任勞的下巴。

只不過在瞬間的交手，任勞、任怨，兩人盡皆受制於那漢子。

那漢子問：「你們到底是誰？」

任怨汗涔涔下，不答。

漢子又問：「你們是不是朱月明派來的？」

任勞睜著眼睛看任怨，他已沒了主意。

漢子目光一亮。

他已知道自己應該先集中向誰發問了。

可是他並沒有立刻發問。

反而震了一震。

他歎了一口氣。

深深地。

「我太大意了，」他深痛惡絕也似地道：「我不應該貪功搶攻，以致把空門賣了給你。」

大廳上所有的人，都不知他在說些什麼，也不知道他在跟誰說話。

那漢子剛才驟把任勞推撞向任怨，任怨扶著任勞藉勢躍開，已躍近壽帳，紅絨燙金壽字幔帳，猶被急風激得微微招揚。

那漢子右手針，依然抵住任怨的右頸，左手針，仍然頂住任勞的咽喉，沉聲道：「你是佔了上風，但想殺我，卻不容易，可是我要取你兩個夥伴的性命，卻易如反掌。」

壽帳微微搖晃。

那漢子也僵在那裡。

廳裡的人都能感覺到那漢子的冷汗正自後頸滑落背脊。

——那漢子的武功，已高到駭人聽聞的地步了，他可以以寸餘短針發出丈餘劍氣，可是他現在顯然感到畏懼。

——因爲有更可畏怖的敵手。

敵手在哪裡？

——誰是敵手？

——敵手是誰？

就在這時，倏地，掠起一道人影，以極迅疾的速度，已掠入壽帳之後！

這人掠入壽帳之前，還高呼了一聲：「我替你把他揪出來！」

——那漢子急得大喝一聲：「別……」

他已來不及喝止。

只有出手制止。

掠入帳後的人當然就是方恨少。

他在制住任勞、任怨的同時，已解開方恨少的穴道。

——早知方恨少如此莽撞，他就先不替他解穴了！

他當方恨少是他的朋友。

他當然不想見到朋友死。

尤其不願見到朋友爲他送命。

所以他要全力挽救。

刹那間，他把任勞、任怨都一齊往壽帳裡推了出去。

他知道壽帳後有極強大的敵人。

他沒有戰勝的把握。

但他只有行險一試。

因爲除此之外，已別無良策。

——這都是形勢使然！

「勢」必要他動手，「勢」使他出劍，「勢」成他非捨棄手上的兩個人質不可！

◇◇◇

帳後的是什麼人：竟能使「天衣有縫」未出手前已失了勢？

◇◇◇

這電光火石間，方恨少、任勞、任怨同時「衝」入帳後。

不同的是：方恨少是自己掠進去的。

任勞和任怨是被「推」進去的。

同時間，「天衣有縫」的雙針交錯，銳氣疾射，破空而出！

「氣劍」！

壽帳已成碎片。

漫天紅絮飄飛。

就在這一刹之間，「天衣有縫」感覺到三件事情，而且幾乎是在同時發生的：

一、壽帳後的殺氣，已經遽然的、毫無跡象的、奇蹟般地消失了。

二、殺氣忽然到了背後。就在他的背後，殺氣的轉移、凝聚、發生，幾乎都是在一瞬間裡形成的。

三、驚呼，背後群豪的驚叫。

然後他只感覺到一件事。

劍氣。

一種勢所必殺的劍氣！

廿八 氣劍、勢劍

（敵人竟在背後！）
（敵人原來是在後面！）
（自己的「氣劍」完全空發！）
（對方未出劍前已完全佔了先勢！）
（這是什麼劍術？）
（這是什麼劍法？）
（這是什麼劍？）

◇◇◇◇◇◇

「天衣有縫」不回頭，他已來不及回頭。

他整個人全力全身全心全意全神全速向前飛撲而出。

他的雙針自左右脅下一齊交錯回刺。

劍氣暴長。

劍氣暴射！

然後他一直衝出去，八尺、九尺、十尺、丈一、丈二、丈三……之後似要停下來，但仍多走了幾步，看似已穩了下來，但仍晃了晃，才定了下來，卻又往前踏了一步。

但他始終沒有回頭。

◇◇◇◇◇

這時候，原在他背後人叢裡，有一個灰色的影子，灰色地站了起來。

那灰影子徐徐地站了起來。

這人一站起來，初以爲他頗高，待他完全站立了之後，骨節似才一路搭上去一般，其實不單是很高，簡直是個非常高的人。

不但高。

而且瘦。
臉目陰森而冷。
任何人看了他一眼，都不想再看第二眼。
因爲寒。
他的存在，令在席數百雄豪，都感到不寒而慄。
獨是「天衣有縫」，他沒有回頭。

◇◇◇

高瘦個子手上沒有武器。
只有一個包袱。
一個又老又舊又黃又破的包袱。
像一堆垃圾。
這包袱原來是掛在他肩膀上的，現在已卸了下來，拿在他手上。
他的手瘦長有力，十分乾淨。
——當你看到這樣一雙手，你簡直不能置信，這對手的主人竟是這個樣子！

——就好像鬼魅一般的寒魂！

這個人竟似沒生命似的，連靈魂也結成了冰。

可是就在剛才的刹那之間，他發出了無匹銳烈的劍氣！

劍氣之盛，足以掠奪一千條蓬勃的生命！

劍氣是透過那包袱發出來的。

目睹的人都不會忘記：在發劍的一刹那間，高瘦漢子手上拿的不是這樣一個又老又黃又破又舊的包袱，而是太陽！

千個太陽！

在手裡。

◇◇◇

「天衣有縫」的雙針回刺，「劍氣」暴射，但瘦長個子雙腿一彈，連膝蓋也不曾曲折過，便把兩名中了恙的漢子踢了起來，替他擋了兩劍。

「天衣有縫」知道他的「氣劍」並沒有命中。

而他已經中了對方的「勢劍」。

——也只有是「勢劍」，才能一出手，便掠奪了他的先手，佔了先勢，破了他的「氣劍」！

（對方一直都在宴中，可是深藏不露，自己居然察覺不出來。）

（對方又把煞氣轉移入壽帳之後，引開自己的注意力，而在背後一擊得手！）

他雖然沒有回頭，但已知道來者是誰。

他一直想會會這個人。

他知道自己只要還在京城，遲早都會遇上這個人。

遲早都會跟他一較高下。

——沒想到，卻在此情此境下遇上。

——而且一上來，自己就受了傷！

重傷！

◇◇◇

「天衣有縫」仍然沒有回頭。他只悶的哼了哼，問道：「天下第七？」

「天下第七」道：「遇上我，你認命吧！」

天衣有縫又問道：「咱們有冤？」
天下第七道：「無冤。」
天衣有縫道：「有仇？」
天下第七道：「無仇。」
天衣有縫道：「你卻處心積慮，在此伏擊我？」
天下第七道：「這五個月來，我已跟蹤了你七十三次，有廿五次想要動手，但都沒有真的下手，你可知道爲的是什麼？」
天衣有縫道：「我現在才知道原來那可怕的殺氣，一直緊隨不去，原來就是你。」
天下第七道：「因爲我沒有十足的把握。」
天衣有縫苦笑，鮮血一直自他唇角淌落：「你一向不做沒有把握的事。」
「我對你的『氣劍』，一直以來，都沒有絕對的取勝的把握。」
「可是，今天卻教你給逮著機會了。」
「既然你是天衣有縫，今天你的大意失神，算是機會難逢。」
天衣有縫長嘆，硬生生吞下一口剛湧上來的鮮血：「既然咱們無冤無仇，你爲什麼要非殺我不可？」

「兩個理由。」

「願聞其詳。」

「我爲什麼要告訴你？」

「因爲我不想死得不明不白。」

「我要殺你，你就得死，你死得明不明白關我何事？」天下第七這樣說著，忽爾，他雙目裡流露著一種奇怪的神色。

一種說不出的神色。

——一向森冷如冰焰的眼神，忽然轉爲一種英雄痛惜的眼色，而這種眼色，又是在看另一個英雄時才會孕生的。

「因爲是你，我也不想你死得不明不白；」天下第七接道：「第一個原因，便是因爲你就是『天衣有縫』！」

天衣有縫慘笑道：「莫不是我的外號也有個『天』字，這就開罪了你不成？」

天下第七肅然道：「因爲『天衣有縫』是『大嵩陽手』溫晚手上第一愛將，要殺溫嵩陽，先殺許天衣。」

天衣有縫嗆咳起來，咳一聲，一口血，好不容易才能說話：「你……要殺溫大人？」

天下第七不答，只道：「第二個原由，也因你是天衣有縫。」

天衣有縫苦笑道：「這次又犯著你什麼了？」

天下第七道：「誰都知道天衣有縫愛上了溫家大小姐，溫柔。」

天衣有縫忽然激動了起來：「胡說！」

天下第七道：「可是，要殺溫晚，溫柔是勢在必得的，要不然，誰也難以將溫嵩陽自他的老巢裡引出來！」

天衣有縫怒道：「你們……」

天下第七道：「只要溫柔落在我們的手裡，不怕溫嵩陽飛得上天！」

天衣有縫震怒得全身都激抖了起來：「卑鄙！」

天下第七淡然道：「殺人並不卑鄙，武林中已成名的人物，莫不曾被人殺過、殺過人？」

天衣有縫憤怒地道：「枉你是成名人物，殺人卻用這種卑鄙手段！」

天下第七全無怒意，道：「我只要把溫老頭兒引出窩來，再與之對決，誰說這就是卑鄙！」

天衣有縫道：「可是，你卻下恙……」

天下第七截道：「下恙的是任勞、任怨他們的事，與我無關，我只負責除掉你，因爲你一直在明在暗，保護溫柔，使我們的人無法下手。在雪橋上你放飛針助王小石，爲的也是救護溫柔。『六分半堂』雖想重用你，可是你志不在此，你只爲要把溫柔送出京城。」

他陰寒的臉上竟有一種說不出的神色：「你來京城的目的，其實也可以說大部份是爲了溫柔。」

天衣有縫迄此際還不曾回頭。

要是他回頭，一定會覺得很奇怪：

天下第七怎會說著說著，便有了這樣子的神情。

這種神情跟一向陰冷、森寒、傲慢、殘酷、無情的他完全不調和。

——一個多情善妒的年輕男子，或許才會偶爾出現這種表情。

也許天衣有縫也在語音中聽出什麼來吧！但他始終沒有回頭。

天下第七臉上的那種神情，也一閃而逝。

可是天衣有縫卻笑了，他笑一聲，咯一口血，喘一口氣，又笑一聲：「我知道了……」

天下第七冷冷地看著他的背影。

天衣有縫笑得很痛苦，他一直背著天下第七，然而卻仍向著不少在座受制於恙的江湖漢子，誰都可以看出他笑得好像也很痛快。

「我知道你是誰了……」天衣有縫笑。

「我一直在查一個人……」天下第七道。

天衣有縫咯血。

「我知道你做過的事了……」天衣有縫喘息。

天下第七恨恨地緊盯著天衣有縫的背影。

——當一個人這樣牢盯著另一個人的背影時，你可以感覺得出來，他不會再讓對方有活下去的機會。

忽聞「啊哈」一聲，一個人笑吟吟的走了前來，正是剛才在壽帳後撲了個空的方恨少。

他在壽帳後撲了個空，忽見任勞、任怨也掠了進來，以爲他們要對他出手，馬上警戒防禦，不料這兩人卻跌了個餓狗搶屎，方恨少這下全出意外，一時倒笑得忘了向他們出手。

任勞、任怨狼狽爬起，卻見天下第七已現身出手。

——既然天下第七已然出手，大局已定，他們也不急著去收拾這書呆子方恨少！

方恨少聽得天下第七和天衣有縫的幾句對話，泰半都似懂非懂。

他只知道天衣有縫練的是「氣劍」，天下第七使的是「勢劍」，剛才似是「氣劍」與「勢劍」拚了一招，還不知道是誰中了劍？

他忽發奇想，聽聞王小石施的是「仁劍」，而「金風細雨樓」裡，還有個善使「無劍」之劍的郭東神，據說洛陽溫晚還精通「境劍」——要是這「五大劍」在一起拚一拚，那可熱鬧了！

他這般一想，又奮悅了起來。

——彷彿生命的前面，還有著許多刺激而好玩的景象，等著他去瀏覽觀賞。

所以他自作聰明的接道：「恙既是這兩個姓任的老妖怪和小妖怪下的，那麼，收拾這干江湖好漢，便是刑部的餿主意了？」

天下第七沒有回答。

他看也不看方恨少一眼。

他根本沒有把方恨少看在眼裡。

他殺機已動。

他的對手仍在。

——在這裡，數百人中，只有眼前這個著了他一劍的人才配稱是他的敵人！

天下第七不答，可是這話是當著群雄面前問到節骨眼上去，任勞、任怨可不能不說話。

任勞大聲道：「我們不是刑部的人，絕未在刑部任職，我們的事，關刑部什麼事？」

方恨少洒然道：「誰不知道你們兩頭搖尾狗，一直跟在朱月明身後左右。」

任勞卻道：「朱刑總是我倆的朋友，難道他跟我們是朋友，我們所做所爲他便要負責嗎？你與『六分半堂』狄飛驚也交過朋友，『六分半堂』的一切都攬在身上不成？」

方恨少別的不會，倒是辯才無礙：「近朱者赤，近墨者黑，物以類聚，臭味相投，誰教他是朱刑總？一個執法掌刑的人，成天跟胡做非爲禽獸不如的江洋大盜在一起，這法何能服眾？這刑怎能服人？」

然後他得意洋洋，還邊走邊說：「事實擺在眼前，你們這些鼠輩休想推諉。」

這時，他已走到天衣有縫的身邊，一邊得意洋洋的問：「你說是不是？」

天衣有縫沉聲低喝：「滾開！」

方恨少本想獲得天衣有縫的聲援，完全沒料有這一喝，他的面子可拉不下來。

他跟天衣有縫爲「六分半堂」狄飛驚所識重，在堂內備受厚待，不過兩人均未正式爲「六分半堂」效過大力，也未正式加入過「六分半堂」。

主要是因爲：天衣有縫是溫晚的愛將，他此來京城是要把溫柔請回洛陽，但溫柔就是執意不肯，一定要留在開封，天衣有縫也只好留了下來。

溫晚跟當年「六分半堂」的總堂主雷損是故交，雷損喪命於「金風細雨樓」，照道理，天衣有縫亦應協助「六分半堂」對抗「金風細雨樓」。

不過溫柔卻偏偏留在「金風細雨樓」，天衣有縫對這位脾氣驕蠻的大小姐早已暗生情愫，所以也不欲與「金風細雨樓」爲敵，以免開罪溫柔。

除了與「金風細雨樓」對敵的事之外，天衣有縫倒樂於爲「六分半堂」效命，亦遵從溫晚之命，協助「六分半堂」，期以「六分半堂」，不因雷損命喪之後，便欲振乏力。

方恨少的情形也是十分近似。

他來開封是爲了與義兄唐寶牛會合。

唐寶牛跟溫柔在一起，與王小石等相交甚篤，也成了「金風細雨樓」的人了，方恨少自不會跟「金風細雨樓」爲難，而且，他跟天衣有縫一樣，都很不願意加入「六分半堂」作任何爲非作歹的事。

可是狄飛驚待他們甚爲優厚，亦從不勉強他們與「金風細雨樓」對敵，爲了這點，天衣有縫和方恨少對狄飛驚更感「欠情」。

江湖漢子視錢財爲身外物，故此不怕「欠債」。

但最怕「欠情」。

「情」和「義」，都是欠不得的。

而且是「有欠必還」的。

所以，江湖上講求「還恩報仇」、「快意恩仇」，一旦「恩仇了了」或「恩斷義絕」，就可以無所顧礙、無所牽絆，爲所欲爲、爲所必爲了。

方恨少的武功性情與天衣有縫相去甚遠，但兩人卻相交莫逆。方恨少喜附庸風雅，好掉書袋，天衣有縫則獨愛縫衣。

由於兩人坦誠相交，十分接近，方恨少得悉天衣有縫一直在縫繡，其實志不在「衣」，而是在「武」。

天衣有縫正在苦練「大折枝手」和「小挑花手」。

這兩門武功一旦練成，尤勝於「氣劍」。

這兩門武藝原是溫嵩陽練成「境劍」之前，名成於天下、名動於江湖、名震於武林、名揚於俠壇的絕技。

天衣有縫還秘密地修練一種絕技。

他自己所創的絕技。

「天機一線牽」。

方恨少也僅聞其名未見其實的絕技。

他只曾聽聞過：當年「纏絲手」蔡玉丹也會這門絕技，但尚未練成，已慘死在他一直捨身相助的友人石幽明掌下。

任何事情，若要有所成，必得專心對待，全力以赴。

練武更須聚精會神，方能有成。

昔年方巨俠在每次的格鬥與遇險裡把武學修爲逐步推進，大夢方覺曉更在夢中練成絕世之劍，如今王小石亦每天靜觀日出日落而練刀試劍，關七在痴中引發「破體無形劍氣」，沈虎禪於禪中悟道、禪裡悟道，白愁飛以四季節氣變化而練成「驚神指」，莫不是把武功融入了生活之中，加以勤習，故始能有所創。

方恨少遇險的時候，心裡也不十分害怕，主要是因爲：

他還有兩個救星：

一個是王小石。

一個是天衣有縫。

王小石與他交往不深，但在「愁石齋」已「試了一試」，只要這顆小石頭「及時趕到」，方恨少還不相信這干妖魔小丑能奈何得了他。

可是王小石卻一去不回。

至少是未回。

至於天衣有縫——方恨少知道，無論溫柔去到哪裡，天衣有縫必跟到哪裡，故「有溫柔的地方必有天衣有縫」，這句話一點兒也不錯。

其實在雪橋上，方恨少一見飛針，便知是天衣有縫暗中相助。

不過，他跟天衣有縫交誼甚厚，溫柔一直不許天衣有縫跟著她，方恨少也不好揭穿。

方恨少料定天衣有縫會在現場。

——他若有難，溫柔斷斷不會不出手相助的。

——溫柔若遇險，天衣有縫絕不會坐視不理的。

——天衣有縫救了溫柔，就不會不救他的。

所以他很定。

天下第七突然出現，與天衣有縫交拚了一招，方恨少雖未來得及看淸楚，但仍然很肯定。

他對天衣有縫有信心。

可惜世上事不是有信心就可以解決一切問題的。

天衣有縫這般一喝，方恨少忒也怒了，還加快了腳步，繞到天衣有縫身前，嘴裡不甘雌伏地道：「你這算什麼意思？找我發脾氣？我……」

驀地看見了天衣有縫的前胸。

怵目驚心。

一時間，他連半句話、一個字、一點聲音，都發不出來了。

◇◇◇

從方恨少這一剎那間的表情，誰都可以想像得到，天衣有縫傷成怎麼一個樣子！

廿九　千個太陽在手裏

在那一剎間，方恨少已看見天衣有縫身上的傷。
那不是傷。
而是死。
任何人身上有這種傷，早已死了。
早就是個死人了。

◇◇◇

方恨少是個聰明人。
他唸過很多書。
雖然唸過很多書的人不一定就是聰明人，但能唸得通許多書的人則一定不笨。

方恨少把書讀得很通透，記憶力卻不大好，常常讀過就忘了。

因爲他能讀能忘，所以他仍是一個很真誠、很可愛，也很沒有心機的人。

他人聰明，所以反應也很快。

聰明的人大多反應很快。

他一眼看見天衣有縫胸上的傷。

他悲痛。

他震驚。

但他也立即明白了天衣有縫爲何制止他前來的原因。

所以他強忍。

強忍自己的驚呼。

可是驚惶、悲痛仍在他的神情裡流露。

眼神裡宣洩出來。

——只不過是這麼一點兒抑制不住的表情，天下第七已明白了一切。

他肯定了一件事：

天衣有縫已傷重。

——天衣有縫已完了。

既然敵人已快「完」了，他就要對方立即變成「不是敵人」。

他認爲把「敵人」徹底地變成「不是敵人」的方式只有一個：

那就是把「敵人」變成「死人」。

——殺了他！

殺了他的敵人！

◇◇◇

是以天下第七立即動手。

◇◇◇

天下第七快，可是天衣有縫更快。

他已著了天下第七的「勢劍」，卻仍強忍痛楚，背向對方，似是有恃無恐，還岔開話題，拖延時間，一來是要對方莫測高深，不敢貿然追擊，二來是爲了要等王小石回來。

——只有王小石或可與天下第七一拚。

他跟王小石並沒有交情。

可是他在京城這麼些日子裡，跟蹤了溫柔好些時日，已深知王小石的爲人。

——群雄受制，方恨少遇險，王小石這種人只要遇著了，便絕不會袖手旁觀的。

是以他不能讓天下第七知道自己已受了重傷。

——對方一旦知道，定必速戰速決。

故此，天衣有縫的胸膛雖然已爛了，被那一記「勢劍」完全震毀了，但他仍強恃著、強忍著、強熬著，拖得一時是一時，拖得一分是一分。

天衣有縫甚至不讓血液噴濺出來。

——雖然仍是有血淌出，但與傷口之重不成比例。

但是這樣強忍著，更加重了傷勢。

而且到最後仍是教方恨少撞破！

天衣有縫明白，天下第七正是希望方恨少繞過來看看自己，因爲，只有從朋友的眼神中才能看出：自己受的傷有多重！

因爲朋友關懷朋友。

朋友愛朋友。

——朋友要是受了重傷，沒理由會不驚惶。

朋友的感情是瞞不住、僞飾不來的。

天下第七正要利用這麼一點。

他要知道天衣有縫的傷勢如何才能出手。

天衣有縫見方恨少走過來，他知道一切都完了。

一切都要被揭破了。

所以他先下手爲強。

就在方恨少一驚之際，天衣有縫霍然回身，猛然而全力地，發出了他的「氣劍」！

◇◇◇

剎那間，比方恨少色變更快。

比天下第七出手更快。

——可是他一回身，天下第七也看見了他的胸膛——

那是一副怵目的景象：

已潰爛的胸膛。

像被炸藥轟開了的胸膛。

鮮血淋漓。

血肉模糊。

天下第七就在天衣有縫出手攻擊他的同一刹那發現了這一點。

他在發現這一點的同一刹那作出了反擊。

這一刹裡，他的「勢劍」聲勢陡然極張盡盛。

直似是千個太陽在手裡。

天下第七手裡的千個太陽作出了反擊。

◇◇◇

天衣有縫瀕死一擊。

一鼓作氣。

而且還要一氣呵成。

天下第七反擊的時候，已確知天衣有縫身受重傷。

他已佔了優勢。

還奪了先勢。

◇◇◇

這時，「氣劍」遇著了「勢劍」。

◇◇◇

千個太陽炸開。

那兩道銀泉也似的劍勢，亦浪分濤裂。

天下第七臉色灰敗，一把抱住了他的包袱，甚至把包袱緊緊地摟在胸膛上，他大口大口艱辛地喘著氣，彷彿他的氣突然間全被抽光。

只剩了皮和骨。

天衣有縫卻仰天而倒。

方恨少一把扶住。

他即向天下第七扇子一揚，霍的一聲，並大喊了一聲：「看暗器！」然後抱著天衣有縫就走。

其實他什麼暗器也沒放。

甚至連屁也沒放。

他只不過是說了一個謊。

說謊主要是想天下第七一分心，凝一凝神。

他的目的是要救走天衣有縫。

——他一看天衣有縫的傷勢，就知道：天衣有縫完了。

他一定要救走天衣有縫。

——不惜任何代價。

救人的代價往往是：救不了自己。

對某些人而言，只要救得了人，就算救不了自己，也不算是什麼大不了的事。

這種人通常被俗人稱爲「傻子」。

但在江湖上，則被視之爲「俠士」。

◇◇◇

方恨少從來只是個書呆子。

一個絕不迂腐的書呆子。

此刻方恨少明明白白的知道：自己不會是天下第七的對手。他也清清楚楚的知道：天衣有縫已絕非天下第七的敵手。他更一清二楚地知道：要是他現在立刻就走，或許還有逃命的機會，如果他想把天衣有縫在天下第七眼前一齊撤走，那到頭來誰都走不了。

他知道。

可是他仍然要救。

——因爲他絕不能見死不救。

就因爲天衣有縫是他的朋友。

在江湖上，「朋友」兩個字，就是一切。

在好漢的心目中，爲了朋友，可以拋頭顱、灑熱血、義無反顧、萬死不辭、赴湯蹈火、視作等閒。

所以，莫要奇怪當江湖上的漢子們常常明知不可爲而爲、明知山有虎偏向虎山行。

除了臨大節而留守忍辱負重任的人之外，大家都寧可冒險赴義，寧可站著死，不願跪著生，並以裹足不前、怯於赴難爲恥。

天下間多少驚天動地、泣鬼神的大事就是這樣做出來的！

因爲真要是「朋友」，本就甘苦與共。

否則「朋友」就只是「豬朋狗友」、「酒肉朋友」的簡稱。

當然，「真正的朋友」或許只是一闋神話，但如果你運氣好，卻可能會遇得上。

遇上便是你的幸運。

遇上不止一位更是你的幸福。

——朋友如此，更何況是兄弟！

◇◇◇◇◇

方恨少就豁出了性命救走天衣有縫。

他的武功當然不比天衣有縫高。

可是他的輕功卻很好。

天下第七怎會讓他的「獵物」輕易溜走。

所以他出手。

天下第七衝前。

取勢。

他的「太陽」仍然在他手裡。

他的「太陽」隨時可以把天衣有縫炸成碎片。

也可以把方恨少炸得像天衣有縫一樣：胸前一個大洞。

就在他向前一傾、聚力出手的一刹那，突然間，鼻尖一涼。

他連忙大仰身。

緊接著，左手一辣。

他的「勢劍」迅速運聚於左手，在劇痛的當兒，立即一剪。

任勞、任怨都禁不住失聲低呼。

因爲他們看見了另一個怵目驚心的奇景。

天下第七的鼻子突然掉落下來。

他左手尾指、無名指也同時斷落。

就像被人用刀削去一般地斷落。

血激湧。

任勞呆住。

任怨愣住。

連天下第七自己也震懾住了。

方恨少就在這稍縱即逝的時候，抱著天衣有縫逸出了廳外。
他甚至不知道廳內在短短的瞬息間，發生了那麼大的變化。

◇◇◇

劇痛。
但痛楚並沒能擾亂天下第七的心神。
他很快就發現了自己做錯了什麼事。
也很快的明白了自己走錯了哪一步。
然後更很快地知道自己爲何受傷。
接著他很快的知道自己該怎麼做。
他立即做了該做的。

◇◇◇

他做錯的事：低估了天衣有縫。

百足之蟲，死而不殭；窮巷之犬，惶而反噬。

天下第七做錯的一步是：疏忽。

天衣有縫的最後反擊，「氣劍」反而是次著，主力是放在他另一門絕藝上。

「天機一線牽」。

這就是他受傷的原由！

天衣有縫已發出了他的「天機一線」。

無色、無聲、無息，甚至是似有若無。

天下第七一衝前，就已陷入了這透明的網裡。

——鼻頭的一塊肉，即被削落。

——兩隻手指，也被纏住，割斷。

天下第七發現得早。

也反應得快。

他立即做的事便是：切斷這漫空的游絲。

可是仍然負了傷。

天下第七即刻爲自己止血、療傷。

而且一面止血、療傷，一面追了出去。

他受了傷、掛了彩，自是奇恥大辱，但是，他也肯定了兩點：天衣有縫比他傷得更重，而方恨少絕不是他的對手，就算他已受了傷，這優勢依然沒有改變。

而他一定要報仇。

——斬草要除根！

所以他追了出去。

——必殺天衣有縫！

◇◇◇◇◇◇

才不過是片刻間的事，場中又回復了原來的局勢！

一群雄豪，全中了「恙」，動彈不得。

任勞、任怨、蔡小頭、兆蘭容、蕭白、蕭煞，這一夥人依然縱控大局。

卅　又老、又醜、又瘦卻又很驕傲的人

由於方恨少、溫柔、天衣有縫等人一鬧，局面迭變，任勞、任怨本已控制大局，現感顏面盡失，威風很有點撐不住。

蔡小頭偏不討好，在這時候問了一句：「任爺、任少，我們現在該怎麼辦？」

任勞怪笑道：「怎麼辦？鬧了這一陣子，我看我們的溫黨魁、花黨魁，諸位英雄好漢，都早已想得通透了吧？」

沒有人回應他。

任勞冷笑道：「怎麼了？老子只是給大家下了點恙，可還沒餵啞藥呢！」

驀地，馮不八咆哮地道：「姓任的，別枉費心機了，有種，過來一刀來殺了你娘吧！」

任勞嘿嘿乾笑了兩聲，眼裡倒動了殺機。

任怨忽然掠起，平平落到馮不八身前，這時候，趙天容狂吼了起來：「兔崽子，有種把爺也給殺了！」

任怨此時的樣子還是含羞答答。

他只是秀眉一軒，似笑非笑。

可就在他似笑非笑的時候，予人一種很奇特的感覺。

殘忍。

那感覺就是殘忍。

然後他開始做一件事。

他掏出了一柄刀子。

鑲著珍珠寶鑽的小刀。

他去劃馮不八的臉。

刀入三分，已劃了三橫四直，血珠匯成一串串的，自馮不八臉上淌落。

馮不八居然連眼睛也不眨：「真是毛未長齊的傢伙，就懂這玩意！你娘我奶奶的跟閻王爺打交道爭場子，還沒見過你這把割臍帶用的小刀麼！」

任怨一聽，青筋在顴上一閃。

他倒真的不用刀了。

他用手。

他用手去撕破馮不八的衣服。

馮不八索性閉起了眼睛，慘笑道：「灰孫子也真乖，給你老娘脫衣洗身服侍來了。」

陳不丁忍無可忍，大叫了起來：「求求你，別……」

任怨的手停了停，冷然道：「說下去。」

——陳不丁愣了一愣：「說什麼……？」

馮不八怒罵道：「老陳，你別現孬，這兒有的是英雄好漢，老娘清白之身，還怕得著人看髒了不成！」

任怨雙手突然一扒，撕開了馮不八衣衫，提起匕首，就要往馮不八乳尖上割落。

陳不丁慘叫一聲：「我說，我說了。」

任怨的手一停，然後溫和地道：「最近我身體不好。」

他緩緩地接道：「所以我的手常常發抖。」

之後又慢條斯理的接著說：「我也很沒耐心，一旦聽到了些刺激的話，手就控制不住了。」

他一面還揉捏著馮不八的乳頭，淡淡地說：「記住了沒有？我受不了刺激，你就別讓我等，也別刺激我了，好不好？」

陳不丁叫了起來：「好，好！」

任怨側一側首，用鼻子哼道：「嗯？」

陳不丁竟哭了起來：「八妹，妳要原諒我，我，我這也是，逼不得已……」

任怨一笑，顯然在指上用了力，馮不八整個臉肌都扭曲了起來，痛得連話也答不上來了。

陳不丁忙道：「我……我我我、加入你們，任憑指使……」

任勞哈哈笑道：「這才是了。」

任怨吁了一口氣，道：「你又不早些說，害我……」

忽爾，手起刀落，把馮不八左乳頭一刀切下。

血光暴現。

馮不八痛得全身一騰。

她著了恙，原是動彈不得，但想必是痛極了，居然還彈動了一下，其痛楚可想而知。

陳不丁怒吼道：「你，王八蛋……」

任怨作失措狀，道：「哎呀，你看我，還是一時失了手……唉，都是你，早又不答允下來，害得她……真是！」

就在這時，倏地，一個瘦小的人影疾衝了過來。
快到絕頂。

人未到，五縷指風，急扣咽喉。
人才至，還有五指抓向鼠蹊。
這人出手狠辣，志不在擒住任怨。
而是當場殺了他。
只要任怨著了任何一指，都得馬上身亡。
何況是十指。
看來，任怨至少得要死上十次。
——不止是要他死，而是要他死得慘。
武林中，有的是你要我死，我要你亡的故事。
不過，這些故事裡在生與死之前，也佈滿了情和義、愛和欲求。
而這些都成了生死之間的可歌可泣。

任怨避不了。

但不是避不及。

只是他知道避得開第一擊，避不了第二擊。

避得開第二擊，避不掉第三擊。

他看出對方的來勢。

對方武功極高，而且對他已恨之入骨。

不過，他也看得出來，對方已中了恙。

——一個著了恙毒，還能出手的人！

——一個身受恙毒，出手仍那麼厲害的人！

但再怎麼厲害，對方仍是中了毒。

他只要擋住他一輪攻勢便行了。

可是他擋不住。

也避不了。

所以他立即做了一件事。

他把馮不八向那人推了過去。

那人正是牽牛尊者。

◇◇◇

馮不八赤裸著上身，撞向牽牛尊者。

牽牛尊者大叫一聲，不肯讓自己施出的那兩記狠著誤傷馮不八，只好全力收招。

他確已中了恙，只不過，他的酒喝得比旁人都少一些，趁方恨少、溫柔、天衣有縫等人攪攘的時間裡，強自把恙毒逼到肝胰裡，憋住一口真氣，想殺出重圍再說，卻見任勞、任怨，因大局差些失控，老羞成怒，竟殘人以自快，牽牛尊者忍無可忍，見馮不八受辱，再也按捺不住，想出奇不意，全力一舉格殺任勞、任怨。

他武功高。

他出手快。

而且突然。

任怨果然招架不住。

但他手上有馮不八。

牽牛尊者避開了馮不八，還待奮力再搏，任怨又推來了陳不丁。

牽牛尊者更不想傷害陳不丁。

他只有接住。

——江湖人的弱點便是講江湖道義，但作爲真正的江湖人，誰能不講道義？

他接得了陳不丁，局面便完了。

任勞、任怨、兆蘭容、蔡小頭、蕭白、蕭煞，已一齊向他出手。

他，只有一個人。

大廳裡有的是他的同道。

但大家都愛莫能助。

他還著了恙。

他要對付的是一大群人。

一大群殘虐可怕的人。

◇◇◇

牽牛尊者脾氣古怪，一向高傲，就算「發夢二黨」的黨魁，也得敬他三分，忌他三分，讓他三分。

在這些人裡面，單以內力，也算他修為最高，所以也只有他可以強行把「恙毒」壓在一邊。

他一見這種局面，便知道完了。

——是他自己完了。

既然是完了，他更不願落在他人手裡。

牽牛尊者年紀很大。

樣子也很醜。

人又很瘦小。

他正四面受敵。

可是這樣看去，他依然倨傲如故。
因爲他已決定。
——寧死也不受辱！

所以他只有死。

他對六面的攻擊，不封不架，不閃不躲，只運聚全力，向其中一人發動了他瀕死的一擊。
他選的人當然是任怨。
可是任怨攻上來的時候，早已準備好後路。
牽牛尊者剛向他發動，他便像蛇一般滑掉、蟲一般溜掉了。

牽牛尊者擊了個空。

但合攻之勢，已有了個空缺。

牽牛尊者追擊任怨，恰好就等於躲開了另外五個人的攻擊。

牽牛尊者一擊不中，但敵方也擊不著他。

不過，任怨這時卻又反擊了。

「鶴立霜田竹葉三」。

牽牛尊者拆開了他的霜田竹葉掌，但避不開他倏然一記「鶴踢」。

這一腳就踢在他的腰間上。

也等於把他強逼住的「恙毒」全踢了出來。

正好，這時，蔡小頭一刀砍至。

蔡小頭砍的是牽牛尊者的手。

他知道這人走不了。

所以他不急於殺他。

不過令他詫異的是：

他這一刀竟砍下了牽牛尊者的頭。

當然，是牽牛尊者自己把手換成了頭。

這種情形之下，他不是要求生。

而是求死。

只求速死。

於是，牽牛尊者死。

◇◇◇

任怨微吁了一口氣：「又一個。」

然後向大夥兒示眾地道：「這便是頑抗的結果。」

他雖然已殺了牽牛尊者，但兩番遇險，也受了點驚嚇，心中惱極，一面說著，一面自大廳的兵器架上，抽出一把長槍，說一個字，槍尖便向牽牛尊者的頭刺一下。

直刺得鮮血淋漓，腦漿四溢，一顆人頭已全是密密麻麻的血洞，再也不似是人頭，他才問：「剛才是誰起哄，叫什麼兔崽子來著？」

說著，他斜睨向已斷了一手一足的趙天容，柔聲問：「是你？」

趙天容已成殘廢，只求一死，臉色全白，頑強地道：「你有種就一槍殺了我！」

任怨卻笑道：「我沒種，你有種，可惜世上一向都是沒種的人來折磨有種的人。」

他笑笑又道：「你有種，所以給我折磨。」

然後又向群眾道：「你們都有種，所以還嘴硬，只不過，不消一會，你們的骨頭就要跟舌頭一般硬了。」

他羞赧地笑道：「我先給你們看看熱鬧吧！」又問花枯發：「聽說你有個兒子？誰是你的兒子？」

他又故意在每一個人面前走過去，端詳著，走過花晴洲，似沒留意，待走過了之後，卻忽然回首，問：

「是你吧？」

花晴洲不過二十歲，唇紅齒白，倒真未有江湖閱歷，哪見過此等場面，而今生死關頭，更嚇得牙關打戰，答不上話來。

花枯發沉聲叱道：「好孩兒，別丟臉！」

「丟臉？」任怨神神秘秘地笑道：「你稍等一會，倒管他面也沒了，人也丟了，兒子也當沒生過了。」

花枯發怒喝道：「你想怎樣？」

任怨把食指放到唇邊，噓了一聲，道：「你就稍安毋躁，我只是要作個示範，讓你們真真正正的明明白白，不聽我們的話是怎麼個下場。」

然後他就動手了。

◇◇◇

很少人會這樣子。

第一，沒有多少人會遇到這種場面：見死救不得，愛莫能助，悲憤填膺，卻不能動彈。

第二，就算在武林中人，常遇上腥風血雨，而在場的人也有不少刀頭舐血的江湖好漢，可是也很少見過這等殘虐的場面。

第三，很少江湖人會下這麼狠、這麼絕、這麼辣、這麼毒的手。人在江湖上行走，誰都留一分餘地，以待日後好相見。至少避免在大庭廣眾，眾目睽睽之下公然幹出人神共憤的事，以妨日後引起公憤、被人圍剿，故而誰都寧可背裡當小人，壞事大都暗裡動手。

任怨卻不是。

他很反常。

現在他所做的事，在場的人，就算膽子再大，也做不出來。

只有他才做得出來。

他還做得非常自得。

看他的樣子，簡直像是在完成一件藝術品，幹得十分享受。

他在屠殺。

他把這壽筵變成了座血肉磨坊。

卅一 殺戮戰場

任怨做的事，不像是人做的事。
不過人的特色就是常常在做不是人幹的事，而且天天都在做著。
彷彿不如此就不是人。

◇◇◇

任怨一身都是血。
血不是他的。
血是別人的。
——只有血不是他的他才會如此高興。
血是受害者的。

受害者是花晴洲。

花晴洲是花枯發的獨子，花晴洲聽話而孝順，樣子聰敏俊秀，廿歲，武功已得乃父真傳，但從未涉足江湖。

趙天容，「發黨」花氏門下之徒，貪花好色，但爲人甚講義氣，因自小是孤兒，爲花氏收入門下，故對花枯發一黨死心塌地，忠心耿耿。

◇◇◇

任怨不是殺了他們。

他們也沒有死。

慘，就慘在他們還沒有死去。

任怨在動「刑」。

他把花晴洲的皮完完整整一大張地剝了下來，而花晴洲仍沒有死去，人人都可以看得見他痛得每一根肌肉都在抖，但就是死不去。

而且還叫不出聲。

任怨就用吳一廂那一刀，也在花晴洲咽喉上一抹，這少年人就成了啞巴，而且成了個沒有面目的人，接著更變成了個沒有皮的人。

——只是沒有了「人皮」，還算不算是個人？

——像任怨這樣還披著「人皮」的人，也算不算是個人呢？

花晴洲想些什麼，誰都不知道。

但他在流著淚。

淚珠兒滾過顫抖的臉肌，滑過顫哆的頸肌，流過抖哆的胸肌，一顆清淚早成了血。趙天容的情形比他更糟，他本來就被砍了一臂一腿，只求痛快的死。

任怨卻不讓他痛快。

他對趙天容使的是剮刑。

剮卻是磔刑。

任怨一定是個慣於施刑的能手，他每一下刀，都精確嫻熟，先剝皮，後肉片，一共切下二百三十一片肉，趙天容只剩下白骨嶙嶙，雙目碌碌地轉，連淚也沒有了。

任怨這下似完成了一件偉大藝術品地歎道：「我保管你明天還能吃些東西，不過不能撒糞放尿；」他滿意且有信心地道：「而且你現在一定能聽得懂我在說什麼。」

任怨還威脅地道：「你聽得懂，就點點頭，別以為我把你整成這樣子便再整不了你了，你知道我再潑你一桶砂、一桶水，你會有什麼感覺嗎？要是那砂是烘熱了的或加點火炭，那水加點辣椒或蜜糖，然後放你到陽光下曝曬……」趙天容立即就點了點頭。

任怨又道：「別怪我也把你的聲帶割掉了，因為我不喜歡罵人，也不喜歡聽人罵我。凡是粗俗的字眼，我都不喜歡。你可記住了嗎？下次，千萬不要用那種字句罵我……啊！我倒忘了，你已經沒有下次了。」

◇◇◇

在場的人，多不敢看。

不忍看。

在剝皮的過程裡，連蔡小頭和兆蘭容都看不下去。

只有任勞看得很欣賞，也很欽佩的樣子。

他就知道這個比他年輕近四十歲的夥伴實在行。

至少比他狠。

更比他絕。

——這些人落在任怨的手裡，唯一的希望和最大的幸運，便是死得快一些。

有一個人也一直在看。

但已睚眥盡裂。

花枯發。

——一個是他的愛徒。

——一個是他的親子。

他也不知道自己做了什麼孽，竟遭遇而且目睹這樣的情境。

甚至連蕭氏兄弟都認爲任怨有些過份：

——何必在眾人面前種下那麼大的仇恨？

——這種深仇大恨莫可消解……莫非上頭早下命令，要把這些人全部……！？

蕭白和蕭煞又有點迷惑了。

可是他們都沒有問。

闖了那麼些年歲的江湖，也跟隨蔡相爺和方小侯爺身邊好些日子了，什麼該說的，什麼該看的，什麼該問的，和什麼才是不該問、不該說、不該看和不該知道的，他們總能分得一清二楚。

反正他們來這兒的任務，就是協助任勞、任怨，做他們一切要做的事情。一切不該做的事就不做。

只是沒想到他們會把這兒弄得一片狼藉血腥。

像座人間地獄。

像處殺戮屠場。

◇◇◇

任怨完成了這兩件「偉大的工程」後，看著血污的手，彷彿意猶未足，道：

「在我還沒選第三位試刀之前，我想先聽聽你們是不是還要當硬漢？」

並非人人都是硬漢。

有的人已嘔得一身都是穢物。

人都有求生的欲望。

就算敢死，也不想是這種死法。

所以任怨一問這句話，一定有人求饒，寧可任聽指使。

不過就在這時候，「砰砰」二聲，二人背向著任怨，倒撞而入。

溫夢成倒認得他們。

——既然蕭白、蕭煞、兆蘭容、蔡小頭出現了，這兩人出現倒不足爲奇。

他們本來就是京城裡的「八大刀王」。

——那是習煉天和彭尖。

只是溫夢成倒沒想到他們會以這種「方式」進來。

這兩人是倒著滾進來的。

就像被人一人一腳踹了進來一般。

◇◇◇

當然不是沒有人能打得倒這兩大刀王。

而是不多。

——就算有，也不是把他們當球一般踢進來。

能有這樣功力的人，縱觀整個京師，最多只是那麼幾個。

就那麼幾個。

幾個裡一定有這個人。

這個人就是白愁飛。

他身邊還跟著兩個人。

祥哥兒和歐陽意意。

◇◇◇

白愁飛一進來，就發現情形有點異樣。

白愁飛似乎有些意外，所以長吸了一口氣，俐落的道：「聽說今兒是花黨魁做壽，我是特地來這兒向您拜壽的，可是外面門禁森嚴，我以爲出了什麼事，一時莽撞，闖了進來，要是諸位不便，我也不叨擾了，這兒拜過就走。」一邊說邊向花枯發一拱手，只說了一句：「花兒大壽，松柏長青。」轉身正要離開，就在這時，他似才發現種種令人怵目的情景，當下愣了一愣，失聲道：「這……這是怎麼一回事？」

花枯發因愛子慘狀，整個人傷心到了極點，什麼都豁出去了，怪笑道：「別假惺惺了，你拜的一個好壽！」

白愁飛滿臉狐疑，他身邊的祥哥兒卻叱道：「花黨魁，咱們副樓主好心好意的來拜壽，你可得把話說清楚一些。」。

任勞忽然笑著走前來道：「大家喝了點酒，花老沖著興，多說了幾句，白樓主就不要見怪。」

白愁飛本來是很謙恭的進來，可是，他現在的態度又恢復了他原來的樣子。

他又變得很懶散和悠閒。

懶散和悠閒原只是一線之隔，但卻是迥然的兩種性情。

懶散的人忙不來，悠閒的人忙也舒服。

白愁飛卻是懶散得灑脫，悠閒得倨傲。

他嘴角又泛起了笑容。

一種不屑、無懼、不受騙的笑意。

「喝了酒，也不見得會殺人助興吧？」

任勞強笑道：「這是『發夢二黨』在清理門戶。」

白愁飛道：「他們在清理門戶，何勞任兄發言，難道他們都說不了話？」

任勞的笑容已很勉強：「白公子，您的『金風細雨樓』跟『發夢二黨』可沒深交，是非皆因強出頭，你們還是管自家的事吧！」

白愁飛像要索性賴在這裡不走了。

白愁飛負手四顧吟道：「各人自掃門前雪，休管他人瓦上霜。業可養身須著己，事非干己莫勞心。」

然後又向祥哥兒道：「你說現在這兒像什麼？」

祥哥兒小眼咕溜溜地一轉，答道：「像是座血肉屠場嘛！」

白愁飛又好整以暇的問歐陽意意：「你呢？」

歐陽意意悠閒地道：「像在戰火屠城。」

白愁飛滿有道理似的點點頭：「你說，花黨魁會不會在自己大壽之日，生剝人皮，剮手切腳的對待來客，以表慶賀呢？」

然後他向任勞笑道：「對不起，這兒看來可不止是幾條人命的生死，就算閣下在刑部裡有專職，在江湖道義上，我不能不甘冒大不韙，想知道個究竟。」

任勞已笑不出來了。

任怨忽道：「白公子，請借一步說話。」

白愁飛打橫走了一步，道：「我已借了你一步，你幾時還我？」

任怨道：「白樓主，朱刑總常問候您呢！」

白愁飛一笑道：「是嗎？我也常念著他。不過，他那兒，我總不大敢過去拜晤。」

任怨道：「您瞧見了，『八大刀王』都在這兒，這裡的事，其實是誰的意思……副樓主也定必明白。」

白愁飛這一次略猶豫了一下。

溫夢成的人卻很清醒。

他覺得這情形似乎應該說話了。

——一個老經江湖的人，必然知道：說話一如動手。在不要緊的時候，任憑你沉默寡言、三緘其口，也不打緊，但在重要關頭，早一分說、遲一刻說、說少兩句、說多幾字、說話輕了、用語重了、反應慢了、表態太快，都是足以扭轉乾坤、判敗定勝的大事。

甚至比動手過招，更需把握時機。

溫夢成是個老江湖。

「老江湖」的意思是：經歷過大風大浪，成過敗過，曾騙人也被人騙過，而今只有他騙人而誰都騙不了他的人。

所以溫夢成立即發話：「白公子，你跟他們是不是一夥的？」

白愁飛立即反問：「你幾時聽刑部的人加入了『金風細雨樓』？」

任怨慌忙道：「我們不是刑部的人。」

溫夢成反問：「『金風細雨樓』是不是已爲朝廷所收編？」

白愁飛目光銳利：「你……你們穴道受制？」

溫夢成道：「我們著了恙。」

白愁飛道：「什麼恙？」

溫夢成道：「五馬恙。」

白愁飛恍然道：「難怪。」

溫夢成道：「這幾個使刀的和任勞、任怨要逼我們投效，打著的是朝廷授意和『金風細雨樓』的旗號，花老二的兒子，就給他們剝了皮，牽牛尊者也死在他們手上。」

白愁飛怒道：「我明白了。」

溫夢成已把握住機會。

他「及時」告訴了白愁飛實情。

看來任勞、任怨，都想飛身過去掩住溫夢成的口，甚或是殺了他——

可是，他們卻不敢妄動。

因爲白愁飛一邊與溫夢成對話，一邊微笑地看著他們。

笑容似乎很溫和。

可是他們一點也不感到溫、覺得和。

反而感覺到殺氣。

——一種一旦他們有所異動，立即格殺毋論的寒意。

然後，他們聽見白愁飛說話了。

語氣很輕鬆，就好像向人借把火鐮用用一般：「誰人有『五馬恙』的解藥？」

白愁飛笑笑又問：「我知道『五馬恙』的解藥是『過期春』，那是一種越曬越盈潤，而雨淋反而枯乾的花葉，恙蟲就長在這種花葉間，你們既下得了恙，就一定有這種花葉研成的粉末……」接著，他又很愉快地問：「誰有『過期春』？請交給我。」

看他的樣子，彷佛認爲別人一定會掏出來交給他似的；聽他的聲音，越發肯定沒有人會或敢拒絕他一般。

他很有信心。

他有信心是因爲他知道別人知道不交給他的後果。

——一個人能夠控制一件事的後果，當然便有信心。

問題是：只要一方面越有信心，另一方面就定必感到沒有信心。

信心這回事，有時竟也似是一山不能容二虎、此消彼長的。

卅二 八大刀王九把刀

任怨一向是害羞的。

可是此刻在群雄眼裡看任怨，都覺得他十分怨毒。

——羞赧和怨毒，原本是兩回事。

——可是爲什麼在群豪心目中，這個平素看來羞怯的人，而今卻覺得他心懷怨毒？

——也許世事就是這樣：兩種看來迥然相反的東西，卻往往可以扯在一起，像水和火、天和地、忠與奸、好人跟惡人，甚至有人相信：如果你一起步就直往右走，有一天你會從左邊行出來。

你信不信？

任怨也說：「你要是插手管這件事，日後，你必定會後悔。」

他更強調的說：「非常的後悔。」

「我喜歡做後悔的事；」白愁飛笑了：「我專門做後悔的事。」

「人活著不光是做對的事，要是每一件事都無悔，哪有樂趣可言？」白愁飛像教兒子一般的跟任怨說：「很多人都說他做過的事，絕不後悔，那多是廢話，故顯豪情，只表示他從沒有反省過，或者從沒有進步。沒進步的人，哪懂得後悔？況且，一個人就算後悔了，只是他矢口不認，偏說此生無悔，他要自欺欺人，你又能奈他何？」

然後白愁飛爽落地道：「教訓完畢，你讓我後悔後悔吧！」

任怨的眼神更加歹毒：「你想當大俠？」

白愁飛哈哈笑道：「想當大俠有什麼不好？當不起或不敢當的人，想當也當不成。」

然後他向任怨眨眨眼道：「閣下便是一位。」

任怨冷笑道：「誰說我不是？難道是忠是奸，還在臉上刺字不成？」

白愁飛愉快地道：「是倒好。人人面上刺著忠奸二字，大家方便。」

任怨道：「可惜你臉上也沒刺個俠字。」

白愁飛道：「閣下卻擺明了滿手血腥。」

任怨指一指白愁飛的袖口道：「血？你身上沒有麼？只不過有些人教人看見，有些人隱藏得好而已。」

白愁飛袖邊倒真有些血跡，還未完全乾透。

白愁飛這下臉色一沉，語音也一沉，道：「你使人流了不少血吧？這回該流你自己的了。」

任勞連忙上前一步，道：「白公子，你這又何苦……」

白愁飛道：「你把解藥拿出來，這就不苦了。」

任勞苦惱地道：「你拿了解藥又如何？『過期春』可治『五馬恙』，但斷不了根，還須定期服食，而且還要有別的藥物長時間化解才行。」

白愁飛淡淡地道：「你先拿『過期春』來再說。」

任勞垂首考慮了一陣子，然後抬頭，毅然道：「白公子真的要管這件事？」

白愁飛道：「是。」

任勞猶疑了一下，又問：「你真的不怕後果？」

白愁飛斷然道：「是。」

任勞遲疑地道：「你……這是爲什麼……」

白愁飛昂然道：「大家都是武林同道，不可自相殘殺，萬一真要兵戈相見，也得公公平平見真章，不可使卑鄙手段！」

只聽一聲大喝：「好！」

另一聲小喝，在前喝聲將沉之時喝起：「說的好！」

第一聲大喝是女音。

小喝是男聲。

當然是「不丁不八」：

馮不八與陳不丁。

◇◇◇

任怨陰陽怪氣地道：「好什麼好？你們二位又忘了剛才的皮肉之苦啦？」

馮不八怒笑道：「姓任的，你儘折騰老娘，卻不能教老娘看你在眼裡！」

任怨看看她，兩道秀眉一聳。

這兩道眉毛一揚之際，他臉上同時也出現了一種邪艷的神色。

很難令人置信男人臉上也會出現這種神情。

任怨想動手。

但他看著白愁飛。

白愁飛也不知有沒有看著他。

白愁飛像什麼人也沒看。

什麼也沒看在眼裡。

任怨終究還是沒有動。

任勞看看任怨，又看看白愁飛，終於道：「白公子，就看您的面上，我把解藥……」伸手入懷。

白愁飛忽切入道：「等一等。」

任勞和任怨對望一眼，任勞奇道：「白公子不想要解藥了？」

白愁飛亮著眼笑道：「因爲你現在給的絕不是解藥。」

他的笑容還儘是有點看不起人，簡直已有點藐視天下的意思：「試想，」他愉快清楚地道：「你要是有心給我解藥，又怎會暗裡指示『八大刀王』佈成必殺刀陣？」

白愁飛的話一說完，瓦碎裂，兩個人落了下來，任勞、任怨疾退，歐陽意意和祥哥兒已緊盯住他倆。

任勞、任怨冷然，猛然地站住。

歐陽意意與祥哥兒也立即停了下來。

他們望向白愁飛。

他們要看白愁飛的指示。

但他們再回頭的時候，發現白愁飛已被包圍：

剛從屋瓦上落下來的孟空空和苗八方，會集了兆蘭容、蔡小頭、蕭白、蕭煞、習煉天、彭尖，一齊包圍住白愁飛。

八大刀王九把刀。

◇◇◇

白愁飛笑了，他問：「你們之中，誰出刀最快？」

大家都望向彭尖。

彭尖在這些人裡，最矮小，但最精悍。

他練的正好是「五虎斷門刀」。

「五虎斷門刀」，是武林中刀法裡最「斷門」的一種刀法。

而彭尖練的是「五虎斷門刀」裡最「斷門」的一種：「斷魂刀」。

他巴不得一刀就斷了人的「門」。

滿門。

「你最快？」白愁飛滿有興趣的又問：「那麼誰最毒？」

蕭煞冷笑。

「大開天」和「小闢地」，都是好名字，但若要拿別人的軀體來這樣「開天」、「闢地」法，則毒得令人連上天入地都逃不掉、避不了。

他的刀法要是不毒，趙天容就不會在這一瞬間就只剩下一隻手一隻腳了。

「你呢？」白愁飛這次向蕭白道：「你的刀法最防不勝防吧？」

襄陽蕭白沒有說話。

也沒有動容。

甚至連眼睛都沒有眨。

——當然是他的刀法最難防。

——他的刀法，根本不讓人感覺到他要殺人，只不過就像一個人正歡容笑臉的跟你打招呼、親切地與你握手，親熱地和你擁抱而已。

——對於這種人，你怎麼防？

——對這樣的刀，更防不勝防。

「他最毒。」白愁飛指了指蕭煞，轉身向苗八方道：「你最絕。」。

苗八方當然絕。

他的刀鈍而崩口。

而且還生鏽。

這樣看去，跟把又破又舊的柴刀沒什麼兩樣。

他最著名的刀法，叫做「八方藏刀式」。

——絕招通常都是致敵人於死命的一招，但他的絕招不是「攻招」，而是「藏刀」？

——「藏刀」是「守招」，怎能成爲起死回生、反敗爲勝的「絕招」？

——可是絕招之所以能成爲絕招，就是因爲它夠絕。

苗八方不但刀法絕，人也絕。

他殺了他父親，爲的是要奪取他父親不肯傳給他的刀法；他也殺了他的兒子，爲了怕他兒子學他一樣，來篡奪他不傳之刀法。

——「八方藏刀式」。

「他絕。」白愁飛眼睛一個一個的尋索下去，最後落在蔡小頭身上：「你怪。」

蔡小頭居然當仁不讓地大聲道：「我不怪，誰怪！」

他的人本就很怪：大頭、肥胖、又醜又笨，但他的刀卻偏偏嬌小秀氣，可憐兮兮的。

但這柄可憐的刀，使多少人變成可憐的亡魂，製造了多少可憐的孤兒寡婦！

白愁飛向習煉天笑道：「若論刀法之美，當然以你爲最美。」

習煉天淡淡地道：「這當然！」

他的刀法美得像一個夢。

夢不是真實的。

似一道彩虹。

——當你驚夢的時候，這把刀同時已驚走了你的魂魄。

「剩下的，就妳最好，他最莫測高深了。」

「妳」是指兆蘭容。

她的「陣雨廿八」，是公認的刀法精髓，是刀法中的精品，是刀術中的精心傑作。

沒有人能夠不承認。

所以以刀法論，兆蘭容可以算是最好。

然而，孟空空則最「莫測高深」。

因爲他很少出手。

更少出刀。

孟空空的刀法卻開闢了刀宗未有的新境界，在這一群聚於京師的刀法名家中，儼然是個領袖。

——無人敢向他挑戰、與之爭鋒的領袖。

孟空空在刀法造詣的莫測高深，由此可想而知。

連白愁飛也對他諱莫如深。

不過，白愁飛現在的樣子看來卻很輕鬆。

他輕鬆得不像是正在面對八位敵手。

八位聯手一起對付他的敵手。

而似是在品評八幅畫：哪個畫得好一些，哪個意境高一些，哪個筆法有點不純熟，哪個技巧生硬了一些，哪個有翻空出奇出人意表之筆……他簡直沒把他的敵人看在眼裡。

這也等於說：眼裡的八個，跟八張畫沒有什麼分別，他才能如此悠遊瀟灑地評頭論足。

但眼前的確是八個人，而不是八幅畫。

——白愁飛的態度，對他們而言，簡直是侮辱。

所以當他們聽到白愁飛又問：「你們也不妨猜猜，你們之間會是哪一個人，先把握到出手的先機呢？……」

話未說完，他們立即就出了手。

他們之間，誰先出手？還是一起出手？

很多人都想知道。

因爲面對像白愁飛那樣的人物，誰先向他出手，無疑是一個頗具膽色的挑戰。

所以大家都緊盯著這一戰。

可是誰都不知道答案。

連目睹這一役的人也弄不清楚。

在這一刹那裡，九把刀都從最可怕、最難防、最奇特、最絕毒、最冷酷、最慘烈、最驚心、並以最能發揮他們所長的角度與速度，同時砍到了白愁飛的身上。

然後……

◇◇◇

這無疑是極爲重要的一場戰役，大家都知曉王小石曾在「愁石齋」跟這「八大刀王」比拚過，王小石利用了地形，讓刀王們不得不一個一個的跨過門檻，他便逐個擊破，毀碎了他們的陣勢。

這事才發生不久，但已傳遍了京城。

王小石以手上一刀一劍，挫敗「八大刀王」，竟是武林裡的一件大事。

八大刀王，一起出手，已敗過一次。

元十三限曾經說過：「八刀聯手，不逢敵手。」這句話現在似乎已站不住陣腳。

所以「八大刀王」這次已不能敗。

人可以敗一次、兩次、三次，但總要得到勝利，甚至是最後勝利，或精神上的勝利，也是一種勝利，勝之後可以再敗。當然，勝完也可以再勝，勝利可以勝個不停，但對決鬥者而言，就不能一路敗下去。

再敗下去，名譽掃地還在其次，而是失卻了信心。

尤其是戰士，要是敗的次數多了，自然就失去了戰志。

失去了戰志的戰士，就等於是沒有鬥志的鬥士，不必接戰，已徑敗了。

一個敗者要證實自己不是敗者，唯有再戰。

因而八大刀王已不能敗。

可是對大廳裡的群雄來說，白愁飛更不能敗。

白愁飛已成了他們的救星。

唯一的救星。

——白愁飛若是敗了，他們也完了。

其實只要戰鬥一旦開始，誰也不想敗。

誰都要戰勝。

◇◇◇

在「然後」之前，溫夢成當然也正注視著整個戰局。

他雖然也是愛莫能助，可是他終究是武林中人，這一戰對他而言，不單有切身安危，而且也極令他好奇。

——白愁飛將會怎樣應戰呢？

——這一戰，結果是如何呢？

他當然是希望白愁飛勝。

可是連他也有點不能接受這樣子的「勝」法！

（八刀甫一出手，白愁飛的手指立即就印在孟空空的額角上。）

（然後孟空空就飛了出去。）

（八刀陣破，白愁飛也乘這空隙自刀陣裡「飛」了出來，正在任勞、任怨要向祥哥兒和歐陽意意動手之前，已一指捺在任怨的眉心上；問他：「解藥。」）

然後，戰鬥就結束了。

（白愁飛戰勝了。）

溫夢成理應覺得滿意。

可是在這一刻裡，他卻覺得很迷惘。

因為他看不懂。

他當然知道白愁飛是高手，八大刀王也是高手，高手若要戰勝高手，出手的自是高招了。——但總不成高到連他也幾乎完全看不懂。

溫夢成本身已非庸手。

——若連他都看不懂，試問在場還有幾人能看得懂？

◇◇◇

花枯發懂。

（白愁飛一定要勝！）

（白愁飛千萬要戰勝！）

（白愁飛更是絕對不可以戰敗！）

（勝了才能報仇！）

（殺了八大刀王、任勞、任怨報仇！）

（仇，是一定要報！）

（所以白愁飛是一定要勝的！）

所以當他只看到八大刀王中實力最強的一人孟空空垮了之後，當然也不明白孟空空爲何而垮，他已咆哮了一聲：「好！」

而白愁飛不止是在一瞬間擊潰了八大刀王的陣勢。

他還在同一時間裡制伏了任勞、任怨的聯手。

任怨就在他手裡。

花枯發懂了，這是報仇的時候，他狂吼了一聲：「殺了他！」

在這一刻裡，他全身血液都在賁動，要是他真的能動，任怨早就在他手裡死了千次萬次了。

但任怨不是在他手裡

卌三　算數？這筆數怎麼算!?

任怨是落在白愁飛手裡。

◇◇◇

任怨的眼神，出奇的怨毒。怨毒又含有無奈、憤怒、屈辱，但卻沒有畏懼、挫折、頹潰。

這跟一般落敗的人，似乎很有些不同。

花枯發一直在喊：「殺了他！殺了他！」他彷彿生怕一不小心，又給這殘酷的原兇溜掉了。

白愁飛卻說：「只要你拿出解藥，我就放了你。」

花枯發嘶聲道：「不可以……不可以……」

大堂裡的群眾，自然都覺得脫厄事大，對花枯發的意氣用事，自然有些不滿。

「先拿解藥要緊！」

「只要有解藥，日後才慢慢找他算帳！」

「放了就放了吧，這種人遲早有人收拾……」

白愁飛還是重覆那一句：「你給解藥，我放了你。」

任怨嘴角牽起了一絲詭異的笑意：「你威風啊！」

白愁飛淡淡地道：「我殺了你，也可以。」

任勞忙道：「你就給他解藥吧！」

任怨怨毒地盯了白愁飛一眼，道：「你先放手，否則，我怎樣取解藥？」

馮不八吼道：「不能先放，這小子滑得很……」

話未說完，白愁飛已放了任怨，只不屑地道：「諒你也不敢不給我。」

任怨狠毒地整整衣衽，也不逃走，只道：「是啊！我不能不給你。」

他的手伸入懷裡。

陳不丁嚷道：「留神，他……」任怨已掏出一個綠色的小盒。

白愁飛雙眉一軒，道：「『過期春』？」

任怨冷笑道：「你要不要先驗驗？」

白愁飛打開了錦盒，裡面有八個細小的紙包。

白愁飛把其中一包捏破了一個孔，裡面滲出淡金色的粉末。

溫夢成立即提醒：「小心有詐。」

白愁飛衝著溫夢成搖了搖頭，笑道：「他敢？」湊過去聞了聞紙包裡的粉屑，隔了好一會，終於點了點頭，道：「是『過期春』。」然後又道：「可是，份量還是不夠。」

任怨冷笑道：「這兒就只這麼一些，你再要也沒有了。『過期春』早已絕種，唯有蔡太師府中才種有一千三百六十一株，你要，就跟他討去。」

白愁飛淡淡地道：「以我和太師的交情，這可難不倒我。」隨後又向群豪朗聲道：「我答應過他們，饒他們一命的，現在他們已交出了解藥，還請諸位高抬貴手，好讓我不當一個失信之人。」

大家只急著先把身上惡毒解去，都七嘴八舌的說：「一切就請白副樓主替我們拿主意好了。」

「白公子是我們的救命恩人，說什麼就什麼吧！」

「像這種敗類，今兒放了明兒還不準活得了，先放了又如何！」

花枯發啞聲道：「放了他，這些人就白死了？」

溫夢成顧全大局，忙向他道：「老二，咱們『發夢二黨』，不能全喪在這裡，也不能置今兒爲您賀壽的道上朋友不理！」

白愁飛道：「冤冤相報何時了？不如大家暫時算數，現在解藥不足，只能解諸位一時之急，以後的解藥，則可包在白某身上，說好說歹也要蔡太師給大家一個交代。」

這一番話，無疑是把群豪之生死大事，一把往身上攬，說來甚得人心，一干人都搶著說：「白老大，一切全仗您作主了！」「白公子，你看怎麼辦就怎麼辦！」「白愁飛，這個情咱們都欠你了！」

花枯發喃喃地道：「算數？這筆數怎麼算！」

溫夢成還待再勸，花枯發已疾抬首道：「好，看在白副樓主面上，今天咱們『發夢二黨』的人，先不對任勞、任怨、八大刀王動手，但他們只要一踏出這座大門，咱們日後可生死不計。」

花枯發這一番話，是忍辱負重，以大局爲重，在他目睹門內高手和親子慘遭殘害，換作常人早已失卻常性，但他還能迅即明理處事，連白愁飛心裡都不禁暗叫一聲好。

卻聽花枯發又道：「你先替我解恙。」

祥哥兒忽插口道：「你要違約怎麼辦？」

花枯發冷冷看了他一眼：「你好像生怕我不放任勞、任怨？」

祥哥兒輕鬆地聳聳肩道：「任勞、任怨我不管。不過，沒有人可以對白副樓主不守信約。」

花枯發道：「我不會毀約。」

白愁飛即道：「好，就先替他解恙。」說著，把一包藥粉交給歐陽意意。

歐陽意意會意，拿過去花枯發鼻端，讓他一嗅再嗅，又以唾液略沾濕食指頭，大力揉抹在花枯發左右太陽穴上。

花枯發閉上了雙目，兩頰青筋橫現。

——「過期春」是不是能解「五馬恙」，只是傳說中的事，誰也不會中過恙毒，當然誰也未見過「過期春」的功效。

所以大家都在緊張等待。

——要是「過期春」不能解恙，這恙毒便會在兩個時辰之後倒衝百會，四肢是可以活動了，但人就會變成一個瘋子。連親人也吃的瘋子！

——如果任怨給的不是「過期春」，那麼，花枯發情形也會十分兇險，花枯發要是能把毒恙解除，群雄至少可暫時把命保住；要是連花枯發都治不好，那麼，就連一時之「恙」也解不了。

——受制於人的滋味，並不好受。

——凡是當過弱者的人都知道：寧可剛而易折，強中遇挫，但都不能當一個弱者；要是你給人家得知你是一個弱者，或讓別人知道你正在虛弱的時候，那你就真的不再被人瞧在眼裡，就算只是經過的人，都會向你踩上一腳。

——所以一個人倒了下去，便要立即爬起來；就算爬不起來，在心理上也要當自己已經爬了起來。

——永遠不要受制於人。

——至少也要避免受制。

——必要時要先發制人。

——最好是能料敵機先。

不過，在席的群雄，仍然受制。

——受制於恙。

——能解恙的是任怨。

——任怨落在白愁飛的手裡。

——花枯發的命呢？

——他的命運跟大廳裡的群豪一樣，就看「過期春」是不是真「過期春」了。

問題是：這「過期春」是不能真能治「五馬恙」呢？

結果是：

花枯發一擦完藥就倒了。

倒下地去。

倒在地上。

然後彈身而起。

他復原了。

他第一件想做的事情是什麼？

——是不是報仇？

他第一件去做的事情是什麼？

——殺人？

人常常想要做他想做的事，但卻常常只能做他可以去做的事。

花枯發忍辱含悲，現在一旦能恢復戰鬥力，他想做和去做的是什麼？

他果然是去殺人。

殺的不是任怨。

也不是任勞。

甚至亦不是八大刀王。

而是他的愛徒趙天容。

還有愛子花晴洲。

他殺了自己的兒子，還有在生死關頭卻替師門掙了一口氣以致身受荼毒的入室弟子。

——兩個都是他所最不想殺但又必須要殺的人。

——人總是做他不喜歡做的事。

——人總是喜歡想做他做不了的事。

趙天容死的時候很平靜。

他早知道自己活不下去了，就算能活下去，也不如不活。

——活得不如不活實不如死了算數。

到此地步，他只求死得痛快。

花枯發的確讓他死得很痛快。

花晴洲卻不想死。

他還年輕。

他還沒有活夠，甚至還未曾真真正正的活過。

他已經被「整」得不似人形，但總抱著一線希望，會有人來救他的。現在真有人救他了，他雖在痛苦中，神志卻依然清醒：他希望有人能讓他「復原」。

可是花枯發不是這樣想。

他是個「老江湖」。

「老江湖」有時候就是等於說：一個人已看透了什麼是真，什麼是假，什麼是連真假都不必分的意思。

花枯發一眼就看出：花晴洲完了。

這是個事實。

雖然他不願接受這個事實：但是畢竟是事實。

——花晴洲不可能活下來的。

——他只有讓兒子痛快死。

——只有給他痛快，才可減免許多痛苦。

所以花枯發一旦能動手，就先殺了趙天容與花晴洲。

他殺了他們。

他親手殺了他的弟子和兒子。

當血液濺起的時候，他們已斷了氣。

一個死了的人是不會痛苦的。

痛苦的反而是活著的人。

血流在他親人的身上，仇種在他的心上。

流在每一個「發夢二黨」和大堂上群豪的心中。

深仇。

「這兩個人，是你殺死的。」花枯發的眼白全都紅了，但神情並沒有特別激動，扭頭對任怨說：「你記住了。」

「我記住了，」任怨臉無表情的道：「沒有人會比我更清楚是誰殺了他們的。」

◇◇◇

花枯發的行動自如，等於證實了兩件事：

這藥的確是「過期春」。

「過期春」可解除「五馬恙」。

故此，白愁飛「下令」：替大家解恙。

解法是：先把「過期春」的粉末讓他們吸一吸，然後蘸一些塗在太陽穴上，大力揉搓，即可解除禁制。

白愁飛叫歐陽意意和祥哥兒幫忙。

當然花枯發也不閒著。

——三個人可先解另三人的恙，然後集六人可解另六人之恙，十二人解十二人恙……如此類推，大堂上縱有兩、三百人，都會很快的「藥到恙除」。

——救人要緊。

花枯發尤其心急，他可不願自己一脈的弟子再落於人手。

就在這時候，忽聽一聲大喊：

「不要中了這惡賊的奸計！」

◇◇◇

人隨聲到。

人到招至。

大廳上的群眾，都是在江湖上經風歷浪、滾過刀山火海的，打鬥場面當然見得多，絕招也見的不少，但肯定沒有見過這樣子的打鬥方式、這樣子的絕招。

如果有人見過，那麼也只見過一個人使過。

這個人一出場，就出手。

一出手，就拳、腳、肘、膝齊往別人身上招呼，就連嘴巴、頭顱、肚子、臀部，都全成了武器：能咬就咬，能撞就撞，但又法度森嚴，毫無取巧之處，每招每式，都把身體的精神氣力發揮到了極處。

這些招式，都只攻向一個人：白愁飛。

大廳上的人，一看這些招式，就知道是什麼人。

這人當然就是「八大天王」。

這些絕招，當然就是「天王八式」。

◇◇◇

「八大天王」是「發夢二黨」黨魁的知交摯友，他爲什麼阻止花枯發救人？爲什麼他要向白愁飛攻殺？而且還攻殺得這般不留餘地？

「八大天王」對白愁飛一出手就是「天王八式」，而且還是八招齊施，他一向是除非遇上深仇大讎的強敵不肯輕易施爲其中一式，而今對白愁飛卻一齊用上了。

難道八大天王跟白愁飛有血海深仇？

卅四 啊，八大！

八大天王爲什麼會在此時此境出現？

——他爲什麼一出現就攻殺白愁飛？

◇◇◇

問題都很簡單，但往往愈簡單的問題愈是不易回答。

——譬如有人問：人活下去是爲了什麼？人死後往哪兒去？人是怎麼生下來的？——這些極簡單的問題，卻極不易有答案，而且，人人的答案都不見得一樣。

也有些看似複雜的問題，答案卻十分簡單。因爲世界上一切複雜的事情，起源都是十分簡單的。

就算是同一個問題，也會有簡單和複雜的答案：就如「人活下去是爲了什麼」

吧！你可以只答兩個字：「責任」，也可以洋洋灑灑的大說人活著的意義；正如「人死後往哪兒去」，答案足以引起一場各派宗教的大爭辯，但也可以反問一句就是答案：「誰知道？」

大家都不知道八大天王爲何突然倒了回來，也不知道他爲何如此跟白愁飛過不去。

八大天王自己可知道得一清二楚。

這問題不在他，而是在白愁飛。

這問題也看似簡單，其實絕不簡單。

絕不簡單的問題也絕對不好應付。

◇◇◇

八大天王風流。

風流也有兩種：一是自命風流，二是風流本色。

自命風流其實不風流，但老愛誇耀他自己是如何的風流。

第二種人是真的風流，但口頭上可能隻字不說。

偏偏八大天王就是前一類的人。

誰都知道八大天王的夫人佟勁秋相貌很醜，而且很兇，偏是八大天王長得英風凜凜，與佟勁秋卻很不相配。

八大天王與佟勁秋可以說是一對「怪異的結合」。

不過，佟勁秋在武林中卻很有地位。她是名震三江四海、五湖六河的「好漢社」主持人佟瓊崖的獨生女兒。

佟勁秋對八大天王情有獨鍾。

八大天王也很感激佟勁秋的美意。

但感激歸感激，感激不是愛，連喜歡也並不是愛，更何況是感謝。

佟勁秋運用了她一切能動用的關係，讓八大天王日漸受到武林中人的注重。

憑藉了這種關係，八大天王名聲鵲起，終於在江湖上有了一席之地。

說也奇怪，八大天王長得英挺俊拔，相貌堂堂，可是際遇並不得志。許多本領、品德上都還不如他的人，卻在武林中混得風光體面，為了這一點，八大天王心裡並不好過，很不平衡。

當時，他唯一能解釋的是：他運氣不好。

他是個沒有掌紋的人。

他相貌不凡，但雙手卻無掌紋。

——就連諸葛先生看過他的掌相，也禁不住說了一句：「你原是個死了的人，怎麼還能活到現在？」

也許他的先天命格與後天命運根本配搭不上，所以才一直鬱鬱不得志吧？那時候，連八大天王那麼剛強的人也禁不住這樣想，原來在武林中，幸運，還是比才能、努力更重要的事。

可是他跟佟勁秋在一起之後，大概是就此引發了命格上相輔相成的力量吧！八大天王從此扶搖直上，使八大天王又有一個新的啓悟：在江湖上，能站得住陣腳，關係搞得好，可能要比真材實料更重要。

佟勁秋可不是這樣想。

她把高大名當成自己的丈夫。

她扶植他。

她知道他有才能，也就是說，他有成功、成名的潛質。

所以佟勁秋把八大天王的優點發掘了出來，先建立了一個形象，再廣邀道上的朋友，對他的特色加以傳揚。

——「八大天王」因此得名。

——甚至已掩蓋了他的原來名字：高大名。

佟勁秋倒不認為幸運和關係是決定性的關鍵。

她認為處理事情的「方法」很重要。

譬如說，高大名本來就是個耀眼的星子，不過，首先得要引人仰首望星，這過程恐怕就得先要人把其他的一些燈火熄去。

她也真的把其他一些刺目的「燈火」熄去。

跟八大天王同時崛起的那四名年輕高手，都給佟勁秋藉故指使「好漢社」的人先予剷除。

其中兩名，是高大名親自動手的。

那兩人也確是武林敗類。

高大名在倒楣的時候，他武功練得比現在還勤、更好，人總會在未成名前專注和努力一些，一旦功成名就，太熱鬧了，哪有時間去寂寂寞寞的苦拚，痛痛苦苦的去超越自己？

高大名也不例外。

他運氣不好的時候，偏是遇到的敵人也特別強大。他每次都是一失招成大憾，敗下陣來。

不過，佟勁秋加以指點，費心跟他安排了天時、地利、人和均得利的情形之下，八大天王成了屢戰屢勝的人，那兩名年輕高手就是這樣給「消滅」的。

是故八大天王也是威風了好一陣子。

佟勁秋不太相信命運和人事關係，那是因爲，她已擁有了這些東西。

一個人擁有了的就不見得太珍惜，但從未得過或將要逝去，才會渴望羨盼。

佟勁秋的不幸在於她長得醜。

所以她必須要聰明。

不過一個人再怎麼聰明，在感情上仍不見得就能明智。

佟勁秋對八大天王已欲罷不能。

八大天王也知恩報德，「以身相許」，與佟勁秋結成連理。

這樣一來，八大天王聲勢更壯，而且，飽暖思淫慾，這對八大天王而言，也沒有例外。

就在這時候，他遇上何小河。

兩人不但一見鍾情、相見恨晚，而何小河更是八大天王唯一的「風流」。

八大天王卻不能捨棄佟勁秋。

這種行爲不但人所共恥，八大天王自己也做不出來，而且，他也沒這個膽子做。

八大天王平時嘴裡會跟任何男人一樣，說說自己如何風流的話，但實際上，他樣子長得俊美是一回事，偏就是沒有什麼桃花運、女人緣。

所以何小河成了他證實自己吸引力的存在。

他不能失去她。

他是在「蓮園」裡結識「老天爺」。

「老天爺」就是何小河。

他初識她的時候，已久聞她的艷名，但她出現的時候，他已看不見她。

因爲他醉了。

他正跟溫夢成、花枯發等人喝酒。

他牢騷多、酒量淺，三杯下肚，已醉了一大半。

溫夢成和花枯發是因爲「好漢社」的引介才跟他相識的知交——真奇怪，倒楣的時候，連好一點的朋友也交不上，交到的儘是些臨陣退縮、落井下石的豬朋狗友。

「老天爺」姍姍蓮步走出來的時候，八大天王眼也花了、舌也大了、人已站不穩了。

他大吐苦水、亂說話。

甚至還在何小河的裙子上嘔吐。

——事後，溫夢成和花枯發說過，都「所見略同」，就是：如果八大天王不醉、不吐，何小河未必會鍾情於高大名。

就是因爲八大天王吐了。

但，吐得一點也不像八大天王。

只像塊爛泥。

何小河見一個大男人哭得那麼傷心、那麼難過，反而心軟了；她什麼男人沒有見過？但見時總是先在心裡築起厚厚高高的圍牆，可是八大天王爛醉如泥，只懂得在她身邊拱著臉悲泣，一下子，何小河由心軟變成了心動。

——她從未見過一個大男人哭成這個樣子。

——更何況是這樣威武堂皇的一個男人。

這之後，何小河成了八大天王的知音。

那時候，何小河總是撫著八大天王的髮，閉著雙目的呻吟道：「啊，八大！」

可是紙包不住火，事情終於傳到佟勁秋的耳邊。

佟勁秋火了。

佟勁秋一火，八大天王立時就感到畏縮了。

如果繼續要和何小河在一起，不是不可以，而是他不只負欠佟勁秋，而且在「好漢社」也不能立足，甚至等於是與整個武林的公理爲敵。

他常常這麼想：我有外遇，關「武林道義」什麼屁事？如果你們娶了我這麼一個醜婦，說不定也一樣會在外拈花惹草，爲何偏就我不行？

八大天王當然很不服氣。

但他卻不敢造次。

因爲他感念佟勁秋。

——的確，沒有佟勁秋，他就不會有今日。

他也怕佟勁秋。

所以他只有躲避。

他逃避。

他要躲開何小河。

因而他與何小河就成了傳說中的一對「怨偶」。

——其實如果仔細算一算，世上的「怨侶」總比「愛侶」多，而且是多很多。

不錯，何小河來給花枯發拜壽，其中一個原因，便是想藉此機會，看碰不碰得上八大天王。

結果是碰上了。

碰上的結果是：八大天王又想迴避。

經馮不八把事情一鬧，眾人均心知肚明，何小河更加難過，掩泣而去。

八大天王想起何小河對他過去的種種柔情，心又軟了。

心軟就會心動。

心動就會情動。

八大天王緊追何小河。

何小河掠出了花宅，轉了兩條街角，見一處廢園，就躍了進去。

八大天王追出來的時候，瞥見何小河纖細的人影一閃就進了殘垣破牆。

他也掠了進去。

到處都是亂草茂樹，殘牆敗瓦，八大天王轉了兩遍，都見不到何小河，只好輕喊了兩聲：「小河，小河。」

忽然間，他覺得脖子上一熱。

他用手一摸，濕的。

——難道下雨了？

他仰首一望，就望見這一棵大樹。

濃枝茂葉間，有人。

何小河。

◇◇◇

何小河就躲在樹上。

她看見八大天王正在痴痴的找她，她的淚珠兒就要往下落。

淚珠落到八大天王的脖子上。

八大天王抬頭，就看見了她。

何小河看見八大天王有點痴痴的樣子，仰高了頭，喜不自勝的張大了嘴巴，脖子似短了那麼一截似的，她就忍不住笑。

噗哧一笑。

易哭的人多愛笑。

她們不能笑才會哭。

何小河這一笑，八大天王望見了，也傻乎乎地張大了嘴巴。

——這一笑真好。

八大天王道：「妳……在上面？」

何小河學著八大天王的聲調：「你……在下面？」

八大天王囁嚅道：「我……可不可以……」

何小河見他呆呆的，一時涕笑，而忘了先前的不快，仍學著他的聲調：「你……可不可以……什麼？」

就在這時，八大天王見何小河似乎沒那麼生自己的氣了，才敢說：「……妳要不要……下來？」

何小河噘著嘴道：「我爲什麼要下來？」

八大天王搔了搔後腦勺子，靈機一觸似的道：「我可不可以……上來？」

何小河看他楞頭楞腦的，又是一笑。

嫣然。

八大天王心中一喜，何小河移了移位置，往身旁的樹枝拍了拍，八大天王會意，一躍而上，正要說話，何小河以手撮唇，小聲的道：「這兒會有好戲看。」

八大天王正待要問，卻忽聞幾聲唿哨，自廢園的幾個角落傳來，人隨聲到，幾條人影，已到了廢園中間那一塊碎石地上。

來的是八個人。

八個人身上有九把刀。

八大天王一看，幾乎叫了出來。

他認得這八個人。

這八個人的外號跟他的綽號很相近：

「八大刀王」。

◇

八大天王不是沒有見過八大刀王。

他只是從來未曾一次見齊過這八個人。

這九把刀，九把名動京師、名震天下的刀。

他偷看何小河的臉色，只覺得何小河臉上的表情，既是奮悅，也有激動，還有點好奇和緊張。

他忽然疑惑了起來。

——到底是怎麼一回事？

——這些人來幹什麼的？

八大天王驀然覺得身邊溫香玉軟的何小河，卻十分陌生：究竟她爲什麼要躲在這裡？其實她又是什麼人呢？

◇◇◇

「不管什麼人。」孟空空沉著聲音道：「阻撓我們這個『化敵』行動的人，一律格殺勿論。」

其他七名刀王都齊聲答：「是。」

這時，又有兩人出現。

一老一年輕。

任勞、任怨。

任怨環顧在場的人，柔聲問：「都準備好了吧？」

任勞立即回答：「都準備好了。」

任怨又問：「恙都下了吧？」

任勞恭敬地答道：「張順泰有把柄落在我們手裡，而且他想當黨魁想瘋了，諒他也不敢不把這事辦好的。」

任怨點了點頭，道：「很好。」

他長長地舒了一口氣，悠然道：「現在，我們只等他來了。」

他臉上出現了一種很奇特的神色：「這齣戲，他是主角，唱的是紅臉，沒有他，咱們的白臉是白當了。」

稿於一九八七年初「朋友工作室」之「腦震盪小組」與「電影工作室」徐克、吳宇森等度橋時。

校於一九八九年一月五日台灣「接觸」周刊刊出訪問及約稿。

再校於一九九〇年十二月十五日獲批准成香港永久居民。與天任、應鐘、家和、雨歌、張炭分別二歡聚。

卅五　飛馬上樹

「來了。」

孟空空突然說了這麼一句。

他說這一句話的時候，完全沒有預兆。

大家也不知有人已經來了，而從孟空空的臉色上看，大家也猜測不到他會突然說了那麼一句話，以這般平靜、平淡、平穩的語氣。

這使任怨心頭的不快加烈，就像喝了一罈女兒紅後，再灌一壺燒刀子。

——得要重估孟空空的實力。

孟空空一直只讓人知道他是「八大刀王」中其中一員，他位居領袖，但卻並不特殊。

——不特殊又如何當領袖！

可是孟空空從沒有表現特殊之處。

——這或許就是孟空空特殊的地方。

——孟空空時常連眼皮都不抬，門都不踏出一步，就知道已發生了什麼、正發生著什麼、將發生著什麼事，一切都瞭如指掌，指揮若定。

——這一點要是發生在對敵上，就必能料敵機先、輕易制勝。

——也就是說，孟空空這個人絕對不只是「孟空空」那麼簡單；或者說，孟空所「表現」出來的「孟空空」，只是一個幌子，真的孟空空深藏不露。

——武林中有的是這類例子；「六分半堂」總堂主雷損，要力謀反撲「金風細雨樓」之前，所表現出來的姿態，是退縮又懦怯、誠惶誠恐的，而「金風細雨樓」正緊鑼密鼓、聚勢以待「六分半堂」的突擊之時，樓主蘇夢枕，看去像是個病得只剩一口氣的可憐人！

這些都很令任怨不安。

——如果孟空空是他的敵人，他可以剷除他。

——可是孟空空不是。

——最「可惜」孟空空不是！

——要是，還好辦！

——但孟空空跟他是同一個「老闆」旗下的人！

——這才不好「料理」，但他投鼠忌器，不敢任意行事、放手去辦！

——朋友，有時候要比敵人更可怕！

——因爲真正的朋友難尋，總是要到重要關頭才認得出來。

——只是到了生死關頭的時候，認出來已經來不及了：不管報恩還是報仇，通常都是來不及了。

任怨是個絕不想自己有一天會成爲「來不及」的人。

所以他幾乎沒有朋友。

可是，他對孟空空很沒奈何。

因爲孟空空就算不是個的朋友，也是他的同僚。

他找不到「消滅」他的理由——就算有，上司也不會首肯。

任怨一向很自制：上司不同意的事，聰明的下屬是不會妄爲的。

故而孟空空一直是他的「朋友」。

可是孟空空現在突然發現有人潛來了。

而他還沒有發現。

——單是爲了這一點，他想要「消滅」孟空空的念頭，又陡然大熾。

不過，他得先要弄清楚一件事：

到底是誰來了？

來的人並不是完全無聲無息。

只要是一個活著的人，就不可能在行動裡完全無聲無息，就看他行動所引起的聲息是不是可驚動另一個人的注意而已。

來人只發出很小的聲響。

他的來勢極快，但所發生的聲量，絕不在一隻小蚊子之上。

他的人也像蚊子一般細廋模樣。

「小蚊子」祥哥兒。

◇◇◇

祥哥兒一到就迫不及待的說：「事情有變。」

任怨沉住氣的道：「怎麼說？」

祥哥兒道：「咱們的三樓主也在壽宴裡。」

任勞道：「王小石？」

任怨眉頭一皺：「他怎會在那裡？」

祥哥兒道：「我也不明白。相爺不是有重大任務交給他去做嗎？他卻拜壽來了。」

孟空空喃喃地道：「怎麼這般湊巧？」

任怨不以爲然的道：「他來了又怎麼樣？連他一起毒了，不就是了！」

祥哥兒慌忙道：「不行，不行，白副樓主說過，三當家還有大事要辦，相爺也不許在陣前先亂了步。」

任怨這才斂住了脾氣，問：「那要怎麼辦？」

祥哥兒道：「王小石來了，白樓主就得要遲一步才能出現，相爺已派人過去把他引出來了。」

任怨嗤然：「那我們在這裡幹什麼？」

祥哥兒避鋒但執持地道：「待會兒當衆動刑的事，還請任少俠盡量延宕，白副樓主總要等王三樓主遠走了才方便出面。」

任怨冷笑道：「反正咱們當的是大惡人，盡量幹得人神共憤就是了。這叫做駕輕就熟，又有何難？」

然後他尖叱一聲：「什麼人？」

孟空空即道：「是歐陽意意。」

來的人像一片雲。

雲是無聲的。

來的人像是「飄」了過來，又似是「浮」了過來。

正是歐陽意意。

◇◇◇

沒有人看見任怨臉紅。

雖然他很會裝臉紅——臉紅就是他的保護色；因為人們總是相信，一個人還會臉紅，心腸再壞也壞不到哪裡去。

所以任怨常常臉紅。

他一閉氣，臉就會紅。

他一臉紅，通常就贏得了對方的信任。

他一向都知道：有些仗是不必出手也能取勝的。

其實就算他喝了酒，他的臉也只青或白，就是不紅。

可是他現在很淸楚地知道自己的臉頰有些發熱。

因爲當他發現有人欺近的時候，孟空空已經知道來的人是誰了。

強弱立判。

任怨無法忍受這一點。

可是他也不能發作。

他只能先忍下來，聽歐陽意意怎麼說：

「王小石已經離開壽宴了。」

「壽宴才剛剛開始，他怎麼會走了呢？」

「他是跟張炭和唐寶牛匆匆離開的。」

「……張炭這小子，最近跟霹靂八常在一起，很有點古怪。」

「現在酒已開始喝了，各位也應當過去主持大局了。」

任怨揶揄地道：「嘿，我們遺臭萬年的時機來了。」

歐陽意意忽道：「聽任少俠的口氣，對相爺的安排似很有些不滿意吧？」

任怨乍聽，幾乎連汗毛都豎立了起來，慌忙道：「歐陽兄哪裡的話，我只不過是說要爲這件事幹得逼真，鞠躬盡瘁，全力以赴罷了。」

歐陽意意懶慵慵的一笑：「那就是了。」

又向祥哥兒道：「誰不是呢！」

四目相顧而笑。

任怨簡直恨死了。

他恨死這兩人曖昧而親密的態度。

——有些人在外人面前特別喜歡說一些只有他們自己人才聽得懂的語言和話題，來表示親暱，這真不知是何居心；要是你不愛應酬人，就不應酬好了，既要聚在一起，卻拿人不當朋友，自說自話，這算什麼話？

任怨很少朋友。

所以他更不願見別人是好朋友。

——何況，別人是好朋友，他就是外人了。

但他已不敢造次。

——他很清楚，這世界上，有些話和有些字，是說不得寫不得、得罪不得的，尤其是漂亮的女人和當紅的小人。

——漂亮的女人隨時會變成你的上級。

——當紅的小人隨時會變成要命的人。

所以任怨只有說：「我們是不是已該行動了呢？」

「我們要在花府門前等白副樓主來，」歐陽意意神閒意逸地道：「你們卻還在等什麼？」

◇◇◇◇◇◇

八大刀王和任勞、任怨都走了。

他們離開了這座廢園。

他們的行動已展開。

八大天王望了望何小河，他做夢也沒想到，竟會在這裡聽到了這麼多聳人聽聞的武林秘密！

他可不能留在這裡。

他更可不能任由他的知交和同道們中伏。

他也要有所行動。

他正要有所行動之際，就發現已行動不得。

因爲敵人已先行動。

◇◇◇◇◇◇

只要是一個涉足江湖的人，自然難免都有對敵的時候，就算你不想與人對敵，也總會有人要與你爲敵。

做爲一個江湖人，完全平和是不可能的事。

有對敵就有成敗。

一個人既不能以成敗論英雄，而且，也不該以個人的得失進退觀大局，否則，就未免失之於偏了。

在對敵裡：誰先動手，只在一個理字，但到底誰先倒下，才是重要，因爲這才是決定勝負的關鍵。

八大天王也面對一個關鍵。

他想先通知在花府裡的同道，好讓他們提防，使任勞、任怨乃至於白愁飛的陰謀不能得逞。

他正要躍下樹來，忽然，迎面飛來了一樣事物！

一件他絕對意料不到的事物：

馬。

◇◇◇

馬是不會飛的。

可是這「匹」馬竟「飛」上了樹，而且迎面向他撞來。

他的人已準備往下躍。

他至少有十一種方法可以使自己更急速的往下墜，以避開這飛馬的一擊。

可是他不能不顧念何小河。

何小河仍在他身後的樹枝上。

以這「飛馬」的來勢，撞在樹上，這棵大樹也得要毀掉了。

八大天王別無選擇。

他吐氣揚聲，馬步一沉，雙掌迎擊飛馬。

那匹馬當然不是真的馬。

而是一隻小童般大的泥塑馬。

泥馬捏得雄俊有力，騰空奮蹄，但這麼美好的一件塑像，在八大天王劈空掌力之下，都變成一陣泥雨。

泥如雨，紛紛落。

「喀啦」一聲，臂粗的樹枝經不起八大天王的沉挫之力，猛然折斷。

八大天王驟然落下。

他人往下沉，臉往上一望：只見一名青衣文士，已跟何小河交手。

兩人出手，都甚狠辣，但出招的姿態，卻似舞蹈一般好看，就像在茂枝盛葉下忽然冒出了兩位神仙。

八大天王想腳找實地，一點而上，要去助何小河退敵，不料人未到地，腳下草叢裡嗖嗖幾聲，有幾隻蚱蜢似的小事物，從各個不同的角度，已疾射中他的背、腰、脅、胯間和腋下。

他只覺如受重擊。

那些事物，絕對不比一隻蒼蠅大，但所發出和潛聚的力量，至少跟兩頭牛同時衝刺的力量相同。

而且力道集中在一個點上。

擊中點上。

擊中的都是要害。

防不勝防，防也防不著的要害。

一個人往下墜的時候，有些部位是無法防禦的。

何況這每一道的狙擊，都把握住千鈞一髮的契機，準確地命中。

「啪」，八大天王栽倒在地上。

他身上七處被封的穴道，立即衝破。

他所藉的正是那一跌的挫力。

他立即一彈而起，同時間，何小河與那青衣文士，已落了下來。

他們仍在交手。

何小河像在跳舞。

很好看的舞。

青衣文士卻似在寫詩。

醉後的詩。

而在這一剎那間，有一物自何小河和青衣文士之後彈起，在八大天王還未來得及看清楚是什麼事物之前，早已射向他的額頂。

八大天王即時以手一格，以掌心接住那件圓形事物。

但那事物撞力仍在，震得八大天王手背回擊在自己的額上，八大天王只覺得一陣天旋地轉，星沉斗移。

他的手也握不住那一枚東西。

東西落了下來。

是一枚棋子。

棋子上沒有字。

只刻了一件事物：

一座砲。

◇◇◇

不止飛馬，還有飛砲！

◇◇◇

要是這只「砲」是向八大天王直攻過來，就算八大天王穴道剛受封制旋即又解，加上剛跌得葷七八素的，但要接下這重砲一擊，以他數十年來銅皮鐵骨十三太保橫練的修為，都仍未必接不下來。

只是，那只砲是隔著何小河與青衣文士而發動的，八大天王還乍以為這「事物」是攻向何小河。

他正想上前搶救，自己已先捱了一砲。

他竭力要自己不倒下去。

尤其是在他搖搖欲墜的時候發現了一件事！

卅六　蚊子飛上了枝頭

何小河在發現八大天王有所異動的時候，她就想立即阻止。

因爲祥哥兒和歐陽意意還未走遠。

據她所知，這兩個人，有著不可低估的力量與身分。

她還未來得及加以阻止，八大天王已經受到襲擊。

何小河正想去助高大名，她自己也受到了襲擊。

她受到了文士的攻擊。

◇◇◇

「飛鳥盡，良弓藏；狡兔死，走狗烹。」

對方一上來，就對何小河下了這四道殺手：

盡、藏、死、烹。

這四道殺手是以鳥的迅疾、弓的殺力、兔的敏捷、犬的精銳發出的。

來的是一名青衣文士。

對方一面出手，一面還低聲吟哦。

吟的就是這十二個字。

十二個忘恩負義趕盡殺絕的字。

那青衣文士低吟的時候，神情十分專注陶醉。

他是看著何小河低吟的。

他的眼神也流露著惋惜、悲憫。

但他出手絕不慈悲，也不容情。

他就像是爲何小河在頌經文：

——把何小河送上極樂西天的經文。

◇◇◇◇◇◇

何小河立即反擊。

她的反擊像一場舞。

復仇的舞。

舞得美麗，越是美麗殺力越大。

有時候，美麗就是最大的險惡。

太美麗絕對是場災禍。

何小河在旋舞中出招，美麗得可以令人原諒一切。

——當你原諒了別人對你所做的一切，卻不見得別人就會放過你。

正因爲沒有人相信你會忘記。

沒有記憶就沒有愛恨。

誰沒有記憶誰就能無悔。

何小河的舞，不是教人無悔。

而是教人死。

她一面舞，一面動手，並不時射出了箭。

出奇不意、鬼神莫測的利箭。

而且箭中還爆出了小箭。

小箭裡又炸出了細如牛毛的小小箭。

她的箭分成三種：

可以要人倒、可以教人傷、亦可以令人死。

何小河現在是發出「死的箭」。

死箭。

◇◇◇

可惜她卻遇上了這個敵手。

這敵手就像在寫文章，越寫，越揮灑自如，越寫下去，越是寫得出氣派來。

那是一種「文氣」，逼住了何小河。

甚至也逼住了她的箭。

而且還一直把她逼入了死路。

——死的盡頭是什麼？

◇◇◇

死巷的盡頭當然就是死。

◇◇◇◇◇◇

何小河沒有死。

八大天王也沒有倒下。

因爲石頭。

◇◇◇◇◇◇

又有兩枚棋子，急取八大天王雙目。

八大天王還沒有站穩，他因何小河遇險而情急莫已，瞪大了眼睛，而敵人要取的正是這雙眼睛。

先把他射瞎，再破他罩門，然後再取他性命，就易如反掌了。

可是幸好有石頭。

一粒石頭飛起。

石頭撞著第一隻棋子。

那是「士」。

這一枚「士」反射了出去，恰好把另一枚「象」激飛。

那枚「飛象」直射青衣文士的咽喉。

青衣文士眉頭一皺，一揚袖就收下了「象」，怒道：「怎麼搞的……」

然後他就看見了來人。

他認識的人。

他們今天的「獵物」。

——其實他們趕過來行動的目的，就是要引出這個人，他們本來想殺了這兩個探知秘密的人就立刻進行這項任務。

「把他從壽宴上引走。」這是上頭的急令。

但青衣文士和他的戰友此行私下還有一個目的。

他們要試一試這個人的功力。

因為他們不服氣。

人一旦不服氣，就會幹出許多讓他出氣的事來。

有些人認為一個人要是服氣，就會洩氣，所以他們不管以骨氣還是傲氣，都要跟對手鬥一鬥氣。

他們的對手當然就是：王小石。

◇◇◇

王小石是因為跟著何小河進了廢園，眼見八大天王也上了樹，心中大奇，他也和唐寶牛及張炭找了一個地方藏了起來。

所以他聽到了一切，也看到了一切。

他囑唐寶牛和張炭先溜出去，通知花府群豪。

與此同時，他也發現有兩個人已進入了廢園，而且是兩名高手。

兩名絕頂高手。

接著他又肯定了這兩名絕頂高手，已知道八大天王和何小河躲在樹上。

——他們一定不會放過知道秘密的人。

所以王小石留著，手裡捏了塊石子。

他一顆石子救了兩個人。
同時也震住了那兩名高手！
一個青衣文士，一個羽衣高冠的出塵名士。

◇◇◇

王小石一現身，羽衣名士就說：「你來了！」
王小石忽然感覺得到：這兩個人旨在等他出來。
——或者說，這兩個人的「目標」就是他。
他知道事無善了。
而且事無好了。
他也不怕。
已經來了的事情、必須要面對的事情、應該要解決的事情，他是從來不感到害怕的。
他怕的反而是事情未來前的感覺。
那是一種壓力。

——偏是事情又未真的降臨，想要痛痛快快的去面對、解決也有所不能，這才令人惴惴不安，至少也使人不快。

王小石很輕快的走過何小河的身旁，用一種頗爲輕快的語音道：「妳是雷姑娘的人吧？」

何小河一愣。

王小石低聲而迅速地道：「我們那次在三合樓，有人曾向雷純姑娘放訊號示警，箭號手段跟妳的暗器手法如出一轍。」

何小河水靈靈的大眼睛眨了眨，似笑非笑的道：「是又如何？不是又如何？」

「妳是的，」王小石輕聲道：「妳見到雷姑娘的時候，請轉一句話。」

何小河的睫毛對剪出許多夢影：「什麼話？」

「妳告訴她，昔日秦淮河畔的藉醉狂言，」王小石悠悠地道：「而今恐要成真了。」

何小河細眉一蹙即舒：「什麼意思？」

王小石一笑，然後跟八大天王悄聲道：「有一事，要你幫忙。」

八大天王瞪了他一眼，挺了挺胸，道：「你救了我一命，就憑你吩咐，高某沒二話說。」

王小石溫和地笑了笑，仍是以極低沉的聲音道：「逃。」

「逃？」

「逃到花府裡去，通知大家。」王小石堅定地道：「我一動手，你們就逃，張炭和唐寶牛會接應你們的。」

他說到這裡，他的兩個敵手已不耐煩。

高冠名士耐著性子問：「都交代清楚了？」

王小石氣定神閒地道：「清楚了。」

高冠名士抱拳道：「請。」

王小石微詫似地道：「請什麼？」

高冠名士道：「我們兄弟倆，想請王少俠指教一二。」

王小石搖手笑道：「我一向不學無術，學無所專，學猶不及，焉敢教人？」

青衣文士忽道：「好，你不教人，那就讓我們教教你。」

話一說完，搶先動手。

他一出手，就拔劍。

——他的劍在哪裡？

他身上沒有劍。

他拔的是王小石腰畔的劍。

他出手快到不可思議，他要拔劍的時候，劍已到手，劍已刺向王小石的咽喉了！

他才一動手，就奪了王小石的劍。

他才一動，王小石已大喝了一聲：「走！」

八大天王毫不猶豫，拖了何小河就走。

◇◇◇

八大天王並不是怕死。

他只是看清楚了眼前的局勢。

——他並不是這兩人的敵手。

救花府群豪事要緊！

如果王小石並非這兩人的對手，他和何小河留在這兒也不見有助，不如他先去通報花府同道，再出來救助王小石。何況，他極不願見何小河涉險，而且，他們大概也只有這個機會能逃出這廢園。

他們是逃出了廢園，直掠棗林，急赴花府。

廢園是個危險的地方。

可是外面也並不安全。

他們一眼就看見：唐寶牛和張炭正與人苦戰。

他們的對手是祥哥兒與歐陽意意。

——要過去相助，還是先進花府？

何小河決然地道：「我在這兒，你去花府！」

真正到了重大關頭，有時候，女子比男人更能拿得了主意：尤其是在利和義、情和理的關口，女子總能比較明快的大膽的爭取她們要得到的，而不像男人有時候婆媽起來要比婆婆媽媽更婆媽。

何小河一下子作了個「兩全其美」的決定。

——因爲唐寶牛已十分危殆。

可是世間有些事，根本輪不到自己作主。

有些人，天生下來就有辦法替人拿主意。

甚至替人決定生死。

因爲他們有權。

權力通常是來自實力。

在武林中，實力與功力往往同義。

白愁飛在「金風細雨樓」裡，不但實力雄厚，而且功力也高，所以他可以替人決定大事，而且，隨著權力的膨脹，他也越來越喜歡替別人定奪生死。

他們現在遇上的，正是白愁飛。

◇◇◇

唐寶牛和張炭逸出廢園，雙雙奔赴「發黨」總部示警，穿過冬棗林，走到青石板道上，花府已然在望，張炭忽然嘆了一口氣：「恐怕……」

唐寶牛嗤道：「膽小鬼，花老頭兒的大本營都快到了，你這回又怕啥子來著？」

張炭道：「恐怕我們到不了。」

唐寶牛嘿然笑道：「到不了？『發黨總部』還會飛不成？」

張炭道：「發黨花府不會飛，但我們身後的人卻會走。」

他補充了一句：「而且走得好快。」

唐寶牛停下步來，側耳聽了一會，說：「你錯了。」

張炭奇道：「哦？」

唐寶牛一副諱莫如深的樣子：「來的不是人。」

張炭怪有趣的問：「難道是鬼不成？」

唐寶牛張開大嘴一笑，道：「是蚊子。」

他話一出口，猛回身，抱住了一棵樹。

一棵大樹。

他高大、豪壯，這棵樹當真還禁不起他用力一抱。

他知道有人在樹後。

躲在樹後的人，輕得像一隻蚊子。

——人遇到蚊子會怎樣？

——雙掌一合，把牠擊殺於一拍中。

不過唐寶牛這一合，並沒有多大的殺意。

他只不過要把「蚊子」逮著。

——但自古以來，殺蚊子易，逮蚊子難。

「蚊子」飛上了枝頭。

飛上枝頭的蚊子，雖然當不成鳳凰，但居高臨下，殺機大盛。

——這麼一刺，彷彿便不只是吸人的血，而是要人的命了。

這是「要命的蚊子」。

「小蚊子」祥哥兒。

卅七　走動的銅像

唐寶牛大喝一聲，將樹連根拔起，揮舞起來。

可是「小蚊子」祥哥兒就黏在樹上，匕鬯不驚，微波不興，任由唐寶牛大展神威，把一棵棗樹舞得枝摧挫折，狂飆湧捲，但祥哥兒就是黏在樹上不下來。

張炭看了一會兒，已嘆了十七、八口氣：「這大概就叫做『四兩撥千斤』吧？」

他在跟人說話。

棗林裡有一個柔柔低低沉沉的聲音無可無不可的道：「唐寶牛當真是力大如牛，力拔山兮氣蓋世。」

張炭無奈地道：「可惜到頭來仍落得個虞兮虞兮奈若何的下場。」

「不對，應該是炭兮炭兮奈若何。」低低柔柔沉沉的聲音道：「看來，你很喜歡說朋友的壞話？」

「壞話通常都是在人的背後說的，我這可是光明正大；」張炭道：「我這可都在他面前說，是料定他已騰不出精力來反駁，這才有意思。」

唐寶牛大吼一聲，整棵樹給他倒栽入冰河裡去。

河面上正結了一層薄冰，給唐寶牛這一記倒插樹，冰裂洞陷。

河面上，冰塊互撞發出清脆的聲音，兀然露出這樣一大截樹根來，和泥帶土、枝斷葉離的，有說不出的詭異。

張炭把王小石等人帶來市肆，先在霹靂八的舊居住了一宿，但並沒見著霹靂八。次日正午，一行人去給花枯發賀壽，一連串發生的變故，現在已日薄西山，夕陽斜暉，正是微雪後的黃昏，照在庭院街心，本有一番詩意和寂意，但給唐寶牛這一搞擾，一切景象都亂七八糟了起來。

唐寶牛把樹栽到河裡，但祥哥兒仍平平飛起，繞著他身邊轉，似乎只待一擊。

——一擊要命。

唐寶牛振起極其厲烈的氣勢，不讓他有機會出襲。

——那就像風雷中的一隻蚊子。

風雷可以把大樹連根掀起，但不見得就能令一隻小蚊子翅斷骨折。

祥哥兒似是在烈風狂飆裡身不由己、岌岌可危，但亦似在狂風裡遊蕩自由自在，毫不費力。

風暴總有止歇的時候。

唐寶牛也終有力竭之時。

這種時候，已快到來。

張炭看在眼裡，無論他的神情怎樣保持輕鬆，眼神都抑不住地流露了憂慮之色。

那低低柔柔沉沉的聲音又道：「你想去助唐寶牛？」

張炭搖頭。

那低低柔柔沉沉的語音這才有了些變化：「怎麼？他不是你的朋友麼？」

張炭先是扭動腰身，然後是壓腿、辟腳，接下來是旋動足趾、轉動足踝，一面道：「可是祥哥兒也是你的朋友。我是想過去，但你不會讓我過去的。」

那低沉柔聲道：「但你也是我的朋友。」

「朋友有同一條陣線和不同一條道上的，」張炭大力轉動頸筋：「你跟我就是不同一條陣線的朋友。」

那低沉的聲音柔柔的道：「你現在是先作熱身，活活筋絡，然後一舉把我幹掉，才去救你的朋友了？」

張炭俯身觸地，但眼睛卻一直不離那語音所在：「總比我現在貿貿然的去救，結果死於你的『無尾飛鉈』下的好。」

那低柔的聲音仍是沉沉地道：「說的也是。」

張炭長嘆一聲道：「我很懷疑。」

那低柔的聲音低低地問：「懷疑什麼？懷疑我是誰？」

張炭一句一嘆的道：「你當然就是歐陽意意，我已不必懷疑。我懷疑的是：我們是不是真有必要，爲了自己也不明白的事，在這兒拚個死活？」

那低沉而柔的聲音也靜了一會，才道：「人生有很多戰役，是情非得已、不得不爾的。正如你剛才所說，你我雖是朋友，但卻站在不同的陣線上，你要去『發黨』花府示警，救你的朋友，但我們要是讓你這樣做，我們既會受到處罰，而且情難以對白副樓主。這場仗，我們只好打定了。」

張炭嘆息著說：「我以前，很懦怯。只喜歡學藝，貪多務得，但學了總是不敢動手。有幾次，面對大夥兒的生死關頭，我總是爲了一己的私利和顧慮，袖手旁觀，不敢勇進，結果……卻造成了我終生的遺憾。」

他陪笑著道：「遺憾是終身不能彌補的，否則就不叫做遺憾了。所以，我凡是遇到該出手的事情，一定會出手；凡是遇上必要的戰爭，我絕不迴避。」

那低沉柔的語音在林子裡道：「我明白你的意思。」

張炭的視線就在這時轉了轉：面對大敵，除非必要，絕對是要聚精會神的。

可是他忍不住關心。

關心唐寶牛的安危。

他一瞥之下，已看見祥哥兒作出了反擊。

祥哥兒手上正拿著一件事物。

一件小小小小的事物。

——用這麼細小的事物作武器，實在有些不可思議。

那事物彷似是一根魚刺。

唐寶牛就像一座山。

他動起來的時候，就像一座走動的銅像。

他如此豪壯，就像一座鐵壁銅牆，但卻顯然是怕了這根魚刺，這捏在祥哥兒手上的、小小小小小小的一根魚刺。

一根魚刺，可以殺人一千次。

也可以殺一千人。

祥哥兒手上的刺，無疑就是最可怕的刺。

張炭一見，自是一驚。

他一驚之際，歐陽意意已率先發動。

——敵手不能集中精神，便是攻擊的最好時機！

◇◇◇

驚是假的。

——對張炭這種「年輕的老江湖」而言，要去「看」才能知道「發生了什麼」，簡直是一種侮辱。

他們可以憑感覺就知道對方在做什麼、周遭到底發生了什麼事情了。

張炭深諳「八大江湖術」，自然是個中高手。

他的分神其實一早已分了神。

因他耽心唐寶牛非祥哥兒之敵。

他現在的分神卻是假的、故意的。

他就是要引動歐陽意意來襲。

歐陽意意果然來襲。

張炭對歐陽意意的瞭解，只有八個字：「無尾飛鉈，歐陽意意」。

武林中人對歐陽意意的了解，也只有這八個字。

也就是說，歐陽意意最值得留意和提防的，就是他的武器：無尾飛鉈。

張炭最緊要盯住的，也正是這江湖人聞名變色的：無尾飛鉈。

——這到底是怎麼一種武器？

——是武器還是暗器？

——這種兵器能隔空傷人、殺人，首先便把自己立於不敗之境，究竟是什麼個樣子？

——這到底是什麼一種武器？

——是暗器還是兵器？

◇◇◇

都不是。

不是武器，也不是暗器。

是人。

人就是兵器。

歐陽意意把他整個人「扔」了過來。

他的頭和腳屈成一個優美的弧度，整個人就像是一隻飛鉈。

◇◇◇

張炭疾退。

他不接。

他不敢硬接。

——一個人既然敢把他自己的身體當作是「武器」，如果不是藝高，絕對不敢如此膽大。

——因為大膽往往是要命的。

——至少很容易便要了自己的命。

以歐陽意意的來勢，簡直無瑕可襲。

他自己無瑕可襲，但對敵人卻展開了最猛烈的攻擊，就算張炭退避，也沒有用。

如果歐陽意意發出的暗器，那麼一擊不中，就要落空，就算還能傷人，也勢不可能一而再、再而三的奮擊。

不過，這在歐陽意意而言，卻可以絕對的做到：不中目標，絕不罷手。
因爲，他的人就是他的暗器。
他的武器就是他的人。
張炭退無可退，避無可避。
他只好迎戰。
他飛身上前，出掌，然後突然像被踢飛了出去似的，落在丈外，捂胸，黑臉上泛起了一陣陣慘白。
——顯然是吃了虧。
——吃了不小的虧。

◇◇◇

張炭、唐寶牛跟歐陽意意、祥哥兒交手，都似是落了下風。
何小河一見，本想遣八大天王去花府，她先助張、唐二人退敵，可是就在這時候，來了白愁飛。
白愁飛身旁，還跟著一名童顏鶴髮、兩目精光炯炯的老人。

八大天王一見白愁飛，火氣就上衝：「你幹的好事！」

白愁飛只冷冷地瞥了他一眼，道：「你是誰？」

八大天王怒笑道：「專門破壞你幹的好事的人！」

站在一旁白髮皓然的老人忽道：「你們這幾個人，常常鬼鬼祟祟，打聽我們白副樓主的事，到底是什麼居心？」

八大天王昂然道：「他要是不作虧心事，哪怕我們打探？我們也才沒那麼個興致要知道他的鳥事！」

白愁飛負手道：「多管閒事，結果往往是不得好死。」

八大天王咧開大嘴笑道：「幸虧我一向不怕死。」

白愁飛輕描淡寫地道：「沒有不怕死的人，只有不知死的人。」

八大天王哈哈笑道：「可是你再神通廣大，也不能教我們這些不怕死的人怕你。」

白愁飛緩緩轉身，望定八大天王。

八大天王忽然升起一種感覺。

一種前所未有的感覺。

恐懼。

——他竟然會感到害怕。

白愁飛只盯了他一眼，他就感到震怖。

這感覺連他自己都不敢置信。

他幾乎要退後一步，可是反而硬向前踏了一步，挺胸道：「你最多只能把我殺了，卻不能使我怕你。」

白愁飛漠然一笑。

——其實八大天王這一句話，膽已先怯了。

也就是說，他已自認為不是白愁飛之敵，已有「死在對方手裡」的打算了。

白愁飛淡淡的道：「我一向只殺人，不嚇人。」

何小河忽道：「聽你的口氣，今天你是非要我們的命不可了？」

白愁飛瞄了何小河一眼，視線移開，忽然，又看了她一眼，道：「很好看。」

何小河有些不懂，大眼睛一睞：「嗯？」

白愁飛有點惋惜地道：「一個這麼美麗英爽的女子，不該死得如此之早。」

然後他的語音又恢復冷淡：「可是這並不改變我要殺妳之心，取妳性命之意。」

何小河顯然有些緊張，清澈的潭水的美目裡也有些惶懼，但她顯得纖瘦的身軀，卻令人感覺到一種說不出的堅定。

「我知道你爲什麼要殺我們！」她說。

「哦？」

「因爲你怕我們知道你的秘密。」

白愁飛漠然不語。

「你更怕我們洩露了你的秘密。」

「秘密？」白愁飛摸摸下巴，饒有興味地道：「我有什麼秘密？」

「我查得很清楚，」何小河道：「你要在『金風細雨樓』掌大權。」

「我本來就是『金風細雨樓』裡掌有大權的人。」白愁飛好整以暇的道。

「你要成爲唯一的掌握權力的人。」

白愁飛淡淡一笑，只說：「權力跟錢財一樣，只要開始擁有，誰都希望越多越好。」

「所以你打算在縱控風雨樓大局之後，把這個實力作爲本錢，加入蔡京這一窩裡奸外通的狐群狗黨，再來搞風搞雨，要成爲橫跨黑白兩道、縱橫朝野八表的第一人。」何小河娓娓的道：「你的野心很大。」

白愁飛盯住何小河。這回的眼神完全不一樣了。

——如果眼神能殺人，這一雙鋒利的眼早已把何小河殺了三十八次。

何小河卻還是把話說了下去：「因此你急於在蔡太師、傅相爺面前立功表態，不惜同道相煎，先行佈局，把『發夢二黨』和京城裡的市井群豪一次招攬，一網打盡，要納入你的旗下，諂媚你的主子。」

何小河靜了下來，過了一會才問道：「我說的對不對？」

然後瞟向白愁飛。

以一種可以釀醇酒的眼波。如果眼波真的可以釀醇酒，只怕十個八個白愁飛都要醉死了。

可是白愁飛沒有醉。

更沒有死。

他連一絲醉意也沒有。

他連眼神都不厲烈了，只聳了聳肩，灑然的道：「有點像。」

何小河側首問道：「什麼像？」

白愁飛忙答道：「妳有點像。」

何小河又再問道：「像什麼？」

白愁飛笑了笑道：「像朱小腰。」

何小河一楞：「什麼？朱小腰？」

白愁飛笑了，笑得很灑脫：「反正天下女人都一樣，都有點像；」他還加了一句：「尤其是脫光了衣服之後，都是一樣。」

他說完這句話之後，就抱著肘，大概是要看何小河怎麼個生氣法。

只是，如果他真的是那麼談笑自若、輕鬆自如，卻爲何他的手指，不但有點發白，而且還微微顫抖？

卅八　神來之指

何小河咬了咬嘴唇。
（她有沒有生氣？）
（她生氣了沒有？）
（她是否沉得住氣？）
（——一個人要是爲了求生，是不是應該多忍忍氣？）
都沒有答案。
因爲來不及有任何答案。
八大天王已生氣。
不止是生氣，而是狂怒。

八大天王在狂怒中出手。

（他也許並不十分愛何小河。）

（他也許愛得很深，但並不自覺，以為自己可以隨時離開她，但偏又離開不了。）

（可是他絕不能忍受：另外一個男人在他面前侮辱何小河。）

（連用語言辱及也不可以。）

八大天王含忿動手。

他全力出手，但全心要使何小河能脫逃出去。

——逃出去通知或救助花府的人。

八大天王的心思絕對不似他外表一般戇直。

——要不然，那一次他也不會詐醉獲取了「老天爺」的青睞。

有些人會裝怒，有些人懂裝醉，有些人喜歡裝忙，有些人還懂得裝弱小，只要一旦加上一個「裝」字，一切缺點，都成了武器。

利害的武器。

——故而千萬不能以貌取人。

在八大天王出手的同時，場中的戰況，已有了極大的變化。

唐寶牛似已力竭。

如果唐寶牛似一團火，火也有燒盡的時候。

如果祥哥兒柔弱得像流水般，水也有成爲激流的時候。

唐寶牛的「火勢」一弱，祥哥兒手上的「分水刺」突然一變爲二，二變爲四，四變爲八，八變爲十六，十六變爲三十二，三十二突合爲一——電一般光一般比意念還快的刺向唐寶牛心窩！

祥哥兒這才攻出了他的第一招。

他一直在等。

——他一向都堅信：一個人必定要能等，才會有收穫。

越是能等，收穫越大。

——當然，也有等不到收穫的，那是幸運，不能掌握，但一個人要是完全不能等，那就可能什麼收穫都沒有。

這跟「努力」的道理是一致的。

他要等的，就是唐寶牛力竭的時候了。

唐寶牛已力竭。

——縱然一個力大無窮的人，他力竭的時候，就跟失去毒牙的毒蛇差不了多少。

所以他反擊。

——一擊必殺的反擊。

他料定唐寶牛躲不了。

◇◇◇

唐寶牛是逃不了。

「分水刺」正中要害。

唐寶牛還突然猛衝八步。

刺抵在唐寶牛的胸膛，竟刺不入。

唐寶牛奮力往前一衝，魚刺就斷了，而且還寸寸碎裂。

唐寶牛狂吼一聲，還一把將祥哥兒整個人攬住，連著刺的碎片，一齊往龐大的身軀上擠壓。

——彷彿那些每一片都足以割石斷木的利刃，刺戳在唐寶牛皮肉上，簡直是正跟他搔癢一樣。

◇◇◇

明明是唐寶牛的生死關頭，卻成了祥哥兒的生死一髮之間。

——如果給硬生生攬個實著，對唐寶牛而言，可能只似被幾根魚刺戳在身上，但對祥哥兒來說，只怕就等於擠進了血肉磨坊！

祥哥兒這才知道自己估計錯了。

他低估了唐寶牛。

唐寶牛一身「十三太保橫練」，號稱「銅皮鐵骨」十四年，絕不是浪得虛名。

一個人知道錯的時候，往往不是錯誤的開始，而是已經錯得不可收拾、無法彌補的時候。

錯誤往往是要付出高昂代價的。

——祥哥兒呢？

他是不是已錯得無可挽回呢？

◇◇◇

唐寶牛也猛然發現：自己錯估了祥哥兒。

錯了。

當他驀然抱了一個空的時候，他才省覺：祥哥兒的輕功，只怕絕不在方恨少之下。

他不怕攬空。

而是怕祥哥兒正在自己一個全不能防備的角度作狙擊。

所以他突然暴起一聲大吼。

他要震住祥哥兒。

——至少把對方震住一下，好讓自己回一回氣，再以全力對付！

◇◇◇

這一聲大吼，猶如給祥哥兒兜心一掌，整個人震飛了出去。

唐寶牛原先的攻勢完全受挫，臉孔歪曲，捂胸皺眉，在聲浪的洶濤裡完全無以爲憑，無可自主。

這一聲大吼同時也把歐陽意意的飛鉈攻勢震了一震。

歐陽意意的「飛鉈」就是他自己的身體。

他只不過愣了一愣，張炭的「反反拳」已排山倒海的攻了出去。

「反反拳」一出，對手完全失去了反擊的餘地。

——能等才有收穫。

他已等了好久。

一個人要擊敗對手，除了能等，還要能夠爭取優勢，把握失機。

張炭立即採取了主動，進行反擊。

可惜優勢不在他們那裡。

因爲縱控全局的不是他們。

真正能夠採取全面攻擊的，也不是他倆。

而是白愁飛。

八大天王的出手，足以驚天地、泣鬼神。

那是因爲氣勢。

他本身就像一座走動的大山。

——你可見過「山」也出手？

山已不必出手，因爲不動如山，已經是一種無懈可擊的出手。

山至多只在發發脾氣、噴噴沫子，那已是一場火山爆發；山只是微微伸伸懶腰，那已不知造成多少坍方土崩了。

氣勢來自力量。

八大天王很有力量。

他一向孔武有力。

更難得的是：除了力與勢之外，他的出手是兼得巧與妙之極。

他只不過一撲，但一撲已換了八種身法，從最輕靈的「黃鶯上架」，到最複雜的「浮光掠影」，到最笨重的「千斤墜」，他都在一霎間施展得運轉自如。

而他一出手，看來只是一擊，但這一擊裡，含有八個變化，又自身體的八個不同的部位使出來的。

那是手指、拳眼、手腕、肘部、腳踝、腳掌、腳跟、膝頭，每一個部位的攻擊，只有那一個部位能掌握。

而且八大天王只有那一個部位，才能使得出如此有力而巧妙的招式。這些招式，全部化作一個攻勢，攻勢合爲攻擊：

攻向白愁飛！

◇◇◇

就在這些攻擊全要命中白愁飛的時候——也許只差那麼一分——就這麼一線間，只聞「嗤」的一聲，一縷激風，自八大天王背心射了出來。

和著血水。

——也就是說，如果從背後看去，八大天王高大名的背後，似是突然開了一個洞。

一個小孔。

一個人當然不會無緣無故的在身上多了一個小洞。

——這也等於說，八大天王著指了。

白愁飛在八大天王將要擊中他的前一刻，一指射穿了他的胸背，也同時把他一切的攻勢完全截斷了——就好像一個人正在引吭高歌，來人一刀切斷了他的氣管一般——嘴巴可能還照樣開闔幾下，但什麼聲音都發不出了。

同時間，又「嗤」了一聲。

白愁飛右手中指射八大天王，左手無名指已隔空把剛向花府掠去的何小河射了下來。

何小河也意料不到。

她不是料不到自己斷非白愁飛之敵，而是她始料不及，憑高大名的實力，竟然會連白愁飛的一指都頂不下來。

白愁飛那一指似乎沒有殺她的意思。

但後面兩指就是殺著凌厲。

這兩指的角度更加殊異，白愁飛是倒臥在地上發指的。

左手拇指攻向張炭，右手尾指疾取唐寶牛。

這兩指幾乎等於攻向歐陽意意和祥哥兒。

因爲祥哥兒與唐寶牛、歐陽意意與張炭正在激戰中，這兩縷指風是在歐陽意意、祥哥兒身邊險險掠過，然後指風才陡然加劇，待張炭和唐寶牛驚覺時，已來不及閃，來不及躲。

張炭中指，彈身而起，飛撲向白愁飛。

白愁飛卻輕巧地一讓。

張炭撲空，擦袂而墜，癱瘓於地。

唐寶牛中指，大吼。

他仍手足揮舞，但已不成章法。

祥哥兒冷不防出足，把他勾倒，歐陽意意在他玉枕穴上硬來一記重擊，唐寶牛便趴在地上起不來了。

白愁飛一招攻倒了四名敵人。

他只出手一次。

用了四指。

一指一個人。

不多也不少。

這就是白愁飛成名的「驚神指」。

白愁飛站了起來，舒然地拍了拍衣上的泥塵，抑不住有些得色，這四指就連畫家的一幅精品，畫出來之後，連他自己都忍不住要喝一聲采：神來之筆！

剛才便是他的「神來之指」了。

一個人做了件登峰造極的事，當然會感到自豪。

是以他有點得意地拍打著手上的泥塵，笑問地上的何小河：「妳是不是開始有些後悔了？嗯？」他揚起了一條眉毛：「妳是不是有些害怕了？」

顏鶴髮忽然上前一步，道：「樓主，這幾人，恐怕都留不得。」

白愁飛臉色一沉：「誰說我要他們留下來？」

顏鶴髮忙垂首道：「是。是屬下多嘴，樓主高瞻遠慮，料事如神，早已胸有成竹。」

白愁飛目光閃動，向祥哥兒和歐陽意意瞥了一眼，有點佛然的道：「你們的功力，實在還不足以……」

話未說完，遠處人影一閃。

人影一閃的時候人已走近。

當發現人已走近的時候，人已到了眼前。

至少「快到極點」，全是顏鶴髮在這一刹那的感受。

來人著實是太快了。

快得令人看不清楚是誰。

如果那人不是驀然停了下來，以便看清楚這兒發生的是什麼事，大家就不一定看得清楚來的是什麼人。

來的不只是一個人。

但只有一個人在施展輕功。

這人背上還有一個人。

一個受傷甚重、重得快要死了的人。

卌九　垂死天衣

來的人當然就是方恨少和天衣有縫。
倉惶奔逃的方恨少以及垂危的天衣有縫。
方恨少看清楚情形，「呀」了一聲，詫道：「怎麼你們都在這裡？」
唐寶牛、張炭都是他的朋友。
好朋友。
他見到他的好朋友倒在地上，他就不能不停下來。
可是他一時竟忘了背上還有一個朋友。
也是好朋友。
——背上的好友已傷重，是絕不能停下來的。
白愁飛也「咦」了一聲，道：「『六分半堂』的人，怎麼也送上門來了！」
方恨少怒道：「是你下的手？」
白愁飛負手看天，道：「也好。」

方恨少倒是一愣：「什麼也好？」

白愁飛毅然道：「我早就想把你們這幾個阻手礙腳的東西剷除掉了，偏是小石頭當你們如兄如弟的。現在正好，我就來個一網打盡。看來，能把天衣有縫傷成這個樣子的，想必是天下第七吧！」

方恨少忿然地道：「原來你跟天下第七都是一丘之貉！趁人之危，算什麼英雄！有種、要顯威風，就到『發黨』花府救人去！」

白愁飛眉毛一軒，眼神一閃，顯得有些急躁：「哦，你們是從花枯發壽宴處逃出來的？」

天衣有縫自方恨少背後有氣無力地道：「他……就是這次陰謀的策劃人。」

方恨少戟指怒道：「你！」

白愁飛笑了：「世上除了意外和體弱多病的人很難長命之外，還有三種人，也不易上壽。」

方恨少天生好奇，在怒忿中仍忍不住問：「哪三種人？」

「第一種是多管閒事，不識時務的人；」白愁飛道：「第二種便是，蠢得不能在弱肉強食的時勢裡，活下去的人。」

方恨少偏了偏頭，倒是用心的聆聽著。

「還有一種便是聰明得讓人忌恨，使人不想讓他活下去的人；」白愁飛指著天衣有縫笑道：「你是第三種人。打從你一入京城，我就知道你志不僅在『六分半堂』，而是另有目的。」

方恨少忽打斷道：「等一等。」

白愁飛揚起一道眉毛看著他。

方恨少指著自己的鼻子：「那我是哪一類人？」

白愁飛道：「你？」他抱肘哂道：「第一和第二種，都有你份！」

方恨少想了半天，勃然大怒。

天衣有縫卻無力地道：「所以你不容我活下去。」

白愁飛深表同意：「像你這種人，一是爲我所用，否則，足以教我寢食難安，非殺不可。」

方恨少忘了生氣，近半年來，他跟天衣有縫常在一起，也不覺得對方有何可疑，怎麼白愁飛如此忌之，當下便道：「他有什麼目的?他是要在暗中保護溫柔罷了！」

白愁飛看看他，直搖首，道：「我錯了。」

這句話倒是令場中諸人一詫。

「知錯能改，善莫大焉。」方恨少有點不好意思的道：「聖人都有錯，你倒是不必介懷。」

白愁飛道：「我是看錯你了。」他頓了頓，接道：「你完全是第二種人，蠢到不能活下去了。」

方恨少怒極，白愁飛灑然道：「天衣有縫跟你在一起已多時，你卻一點也看不出他的底細，不是傻瓜蠢材又是什麼？」

方恨少強忍怒忿：「好，你說來聽聽，他到底是誰？來京師做什麼？」

白愁飛道：「他是洛陽溫晚的手下大將。」

方恨少嗤然道：「這有誰不知道？」

白愁飛反問：「你可知道溫晚是誰？」

方恨少一愣，道：「他……他是大官，也是武林名宿。」

白愁飛道：「不管在官場還是武林，他的撐腰者都是諸葛先生。」

方恨少這倒沒聽說過，但他就是死撐著臉皮，一副尋常事耳的樣子，道：「這也不出奇。名俠自然幫著大俠，好官自然護著清官，難道還跟你這種欺世盜名無惡不作之輩同流合污不成？」

白愁飛索性不去理他，只向著天衣有縫問：「你既志不止於『六分半堂』，也不只是爲了溫柔，你混入『六分半堂』的目的，是不是要把『六分半堂』納入諸葛先生的旗下？」

天衣有縫想笑，但笑容方展，血都湧到喉頭來了，他隔了好一會才說：「正如蔡京一黨，早就想引發『六分半堂』、『金風細雨樓』及『迷天七聖盟』作出殊死戰，他們才來收編勝利的一方……你不也是給他們收爲己用、助紂爲虐嗎？」

白愁飛眼色更厲：「除此以外，你還另有所圖。」

天衣有縫道：「我還有什麼圖謀，你說說看。」

白愁飛厲色道：「你無法說動狄飛驚投效諸葛先生，按照道理，你早就應該把溫柔劫回洛陽去便一了百了，但你仍留在開封，是不是……」

天衣有縫反而饒有興味的問：「嗯？」

白愁飛厲聲道：「……你是爲了調查一件事！」

天衣有縫有趣的道：「你說說看。」

白愁飛道：「你在辦案！」

天衣有縫道：「一點也不錯。我查的正是『翻龍坡』的慘案。」

白愁飛倏然變色：「果然。」

隨即又疾色問：「你是在查……」

天衣有縫無力的語音但這時卻出口如刀：「你！」

◇◇◇

白愁飛仰天長笑。

方恨少嘀咕的道：「是不是所有的奸人，在說話之前，在狡計得逞之際，都得要奸笑幾聲到數十聲不等，以示奸險？」

他這種話白愁飛當然不會去理會他。

天衣有縫也無力答腔。

倒是仆在地上動彈不得的張炭卻應和了他的話：「白愁飛還不夠奸。」

方恨少奇道：「哦？」

「你幾時看過一個真正夠奸的人會讓你知道他的奸的？」張炭雖然躺在地上，一副窩囊得到了家的樣子，可是神氣就像在品評天下雄豪，而奸人又盡在他手中似的：「更何況是奸笑，連笑也裝不出一點誠意，不如不笑，要當奸人，他？還差得遠哩！」

白愁飛也不生氣，只說：「你們錯了。」

方恨少道：「剛才你才認錯，怎麼現在反倒是我們錯了？」

白愁飛道：「你們故意岔開話題，拖延時間，想等人來救，這叫白費心機了，拖延只對你們不利。」

這時只聽得一個毫無生氣的聲音道：「確是不利。」

人就在棗樹林裡。

方恨少一聽這個聲音，內心裡打了一個突，低聲問背上的天衣有縫：「是……他來了？」

「他」當然就是天下第七。

沒有人應他。

方恨少覺得背上更加濕濡。

淌下來的血水愈多。

——天衣有縫到底是已失去說話的力氣？還是昏了？甚或是死了呢？

方恨少已感到後悔。

他後悔自己爲何要停下來。

他停下來，天衣有縫就死定了。

甚至連自己的性命也難保。

——一個天下第七已夠可怕了，何況還加上了個白愁飛！

可是當方恨少看見張炭、唐寶牛倒在這兒，又教他怎麼不留步呢？一個人可以爲了自己的私利，眼睜睜的看著朋友兄弟去涉險遇禍，自己都可以不關心不理會的，這樣的朋友兄弟，就不叫朋友兄弟了。

——江湖上的漢子通常管叫這種人做忝種烏龜王八蛋！

方恨少當然不是那樣子的人。

他一向認爲，朋友可以用來煎的炒的炸的烹的，但就是不可以拿來出賣的；兄弟可以平時去激去逗去打罵，但就是不可以在他落難時有一絲輕侮。

因爲人生一世，可以相交滿天下，但可以刎頸相知，共患難、同富貴的生死兄弟，能有幾人？至今餘幾？衝著這一點，他明知只要他放下背上的人，以他絕世的輕功，說不定就可以逃得過天下第七的追擊，甚至連白愁飛也不一定會攔得住他——

可是他就是不能放下背上的包袱。

因爲那是一份情義。

一份心裡的良知。

但他也不能捨棄地上的人。

那是他的兄弟。

他的好友。

只是現在只剩下他一人能戰。

他的手足。

其他的人都失去了戰鬥的能力。

而他面對的敵人竟有：天下第七和白愁飛！

就算是歐陽意意和祥哥兒，他也自忖未必能勝得過他們。

在這種局面之下，方恨少可以說是毫無希望。

連他自己也毫無指望。

他是個讀書人，但又偏是那讀書而不上京應考的書生，只爲爾雅風流而讀詩書，爲人一向都有點心無大志、不以爲意，而今經這一逼，反而激出了豪情，雙肩一振，捲起袖子，抽出摺扇，撥呀撥呀撥呀的搧了幾下，好整以暇的道：「好，你們有種的都一起上來吧！姓方的要是怕了，就不姓方！」

白愁飛倒沒料到這一介文弱書生居然不但有點膽色，而且還極有義氣，點了點頭道：「有志氣！可惜爭強鬥勝，決死定生，憑的是實力，而不是志氣。」

那棗林中的人道：「這兩人的命是我的，誰也不許碰。」

白愁飛雙手一攤，表示並不搶著動手殺人，道：「好，好，你要殺，便歸你殺……」他心念一動，道：「不如，這另外四人，也歸你老哥送他們一程好了。」

那冷冷板板的聲音靜了一會兒，才沉沉木木地道：「反正殺一兩人不過癮，多殺幾人又何妨！」

白愁飛一笑道：「好，那就有勞閣下了。」他情知非要殺死眼前這些人滅口不可，但唐寶牛和張炭畢竟跟他有些交情，而且這兩人戇直可愛，他私底裡對這兩人也有好感，要親手殺他們，難免有點不忍，現下正可假手於人，他日就算是王小石問起，也可以推得一乾二淨。

當下他道：「那我們就先行一步了。」於是便與祥哥兒及歐陽意意，直撲「發黨」總部花府。

◇◇◇

方恨少自念必死，情知不是天下第七的對手，但見白愁飛走後，心想總有一拚的餘地，反正已激起了豪情，一切都豁了出去，公然的叫陣：「天下第七，你這陰陽怪氣的縮頭殭屍，還不給你爺爺滾出來，咱們大戰三百回合再說！」

只聽那個聲音道：「誰跟你打！」

方恨少幾不敢相信自己的耳朵，又錯以爲是對方在輕侮他，叫道：「我早知道你沒種，不敢……」

只聽那聲音喝道：「噤聲！」

方恨少也聽出那聲音有點「走樣」了，那語音卻是越聽越熟，竟變成另一個人的聲音：「還不過來替我們解穴！」

那竟是張炭的聲音！

方恨少「啊哈」一聲，禁不住大悅叫道：「原來是你……」

張炭臉部仍伏在地上，叱道：「你大呼小叫做什麼？要把那個鬼見愁叫回來看你麼！」

方恨少這才明白過來，張炭是裝扮成天下第七的聲音，在棗林裡發聲，終於把白愁飛引走。他哈哈笑道：「怕什麼？看那鬼見愁走得這般匆匆，會回來才怪呢……不過，」他心中倒是一悚，因爲想起那出手毒辣武功高絕，但又人不像人鬼不似鬼的天下第七。

他背後的天衣有縫說話了。

但語音甚是微弱。

「你……先去替他們……解穴……」語音欲斷還續：「白愁飛的驚神指，閉穴手法奇特……你照我的話……以『牡牛打穴』的技法方可以……解穴……」

方恨少喜極叫道：「原來你還沒死！」

當下天衣有縫口授方恨少替張炭、唐寶牛、何小河、八大天王解穴之法。

方恨少一面聽著，一面卻抑壓不住奮亢：「黑炭頭，你倒有本領，怎麼人伏著，聲音卻可從棗林裡傳來，還跟天下第七忒真的一樣，連鬼見愁都給你瞞過去了。」

「我瞞過他的東西還多著呢！」張炭得意非凡，連臉上的痘子都似有了光采：「我的八大江湖術可是浪得虛名麼！我以腹腔發音，可從不同角度傳聲，不到你不服。」

其實，當日他被「大殺手」追到廬山，幾乎吃了大虧，幸好，雷純假扮成「桃花社」主持人賴笑娥的語音，把「大殺手」驚走，他才保住了性命，這一來，使他痛下苦功，大為反省，在「八大江湖術」精修「雜技」中的「口技」一科，仿聲音度，維肖維妙，加上他當日曾在酒館裡跟天下第七有過遭遇戰，暗中把他的語音默記下了，今日才能解這大險惡危。

方恨少聽出他的口氣好像還有什麼靈藥法寶，便問：「你還把那鬼見愁呃了些什麼？」

張炭這次卻只說：「呃他還不容易。」

四人中只有唐寶牛沒被點穴，只是被擊暈過去了，一經推宮活血，便即震醒，他一張眼便跳了起來，一巴掌往方恨少刮去，叫罵道：「他奶奶的，司馬不可司馬發，暗算人不是好漢！」

方恨少險些吃了他一記耳光，對張炭長嘆一聲，無奈地道：「看來，他剛才不是暈過去，而是睡著了。」

唐寶牛這才省起，思索半天，才訕訕然道：「對不起，不好意思，我一時打錯了，還以爲是在鐵劍將軍和萬人敵那一役裡。」

鐵劍將軍楚衣辭對萬人敵那一役是名動江湖，但跟這眼前可說是毫無關聯，司馬不可和司馬發兄弟的確也給過唐寶牛一些苦頭吃，但也跟這兒一切無關。方恨少早知唐寶牛爲人冒失，也不以爲怪。

倒是張炭，這時卻笑不出來。

因爲他發現八大天王傷勢嚴重。

八大天王的穴道一旦解開，立即盤坐運功。

可是他傷在要害。

白愁飛一指射穿了他的胸膛。

——要不是八大天王壯碩過人，早已活不下去了。

何小河耽憂得已哭不出來了。

她的淚流到頰上，既流不下去，新的淚也不敢再淌出來。

張炭怒火中燒，向天衣有縫問：「那鬼見愁究竟涉的是什麼案子，他……你……」

他終於看清楚了天衣有縫的傷勢。

那不只是傷勢。

而是傷逝。

天衣垂死。

一襲垂死的天衣。

所以他問不下去。

「只怕……我辦不了他了……」天衣有縫吃力地道：「我告訴你們知道，你們要替我查下去。」

「一定。」

張炭大聲道。

「你說的不準！」唐寶牛一把推開張炭。

這些日子以來，唐寶牛跟張炭相交，知道這人雖講義氣，但有點藏頭畏尾，寡諾輕信，於是當仁不讓，虎虎地站在天衣有縫的面前：「我一定會替你對付白愁飛！」

即聽一個森冷的語音，自冬棗林裡傳來：「對付？你們活得過眼前再說吧。」

四十 衝！

方恨少一聽，心都涼了一大截。

這正好是天下第七的語音。

這一回連張炭都變了臉色。

他那張本來就黑忽忽的臉，現在變得黑堂堂，無論怎樣變，還是一張不討人好感的黑臉。

——只要爲人正直真誠，黑臉白臉又有何干？如果爲人狡詐陰險，縱有一張美臉又如何？

◇◇◇

「你揹著許天衣，阿牛扶著高大名，小河掩護你們，」張炭以最低最低，低得只有何小河、方恨少、八大天王、天衣有縫能聽得到的語音道：「我說『衝』字，便會纏著天下第七，你們趕快跑，跑去找王小石，找蘇夢枕，找狄飛驚，告訴大家，白愁飛的陰謀。」天衣有縫、何小河、方恨少、唐寶牛、八大天王一齊答道：「好！」

張炭覺得有點安慰。他覺得自己很「偉大」。

但「偉大」得來未免又有點若有所失，可是這局面已不容他多作細慮。

他一挺胸（他本來就不是大塊頭，可是這一挺胸，卻感覺自己如同巨人一般。）、一抬頭（他本來長相就不見得太神氣，可是此刻這一昂首，彷彿是英風俊朗神光四射一般）、一擺戰姿（他本來以「神偷八法」對敵手法成名江湖，對方越不提防，他就越易得手，可是如今一擺架式，「反反神功」運聚，凜然一副武術宗師的樣子），向著冬棗林傲然（其實也頗有點懼然）笑道：

「你就是那個人不像人鬼不似鬼的天下第七？我知道你爲啥叫道『天下第七』了……」

張炭不待對方答話已說了下去：「因爲你怕八大天王、何小河、方恨少、唐寶牛、天衣有縫，還有我張老炭大爺，所以屈居第七……」

這回他的話未說完，天下第七便已出現了。

張炭就是要天下第七現身。

他的目的是激怒天下第七。

——激怒天下第七，好讓他對付自己，好讓他的朋友們能趁機逃離。

他是這種人。

「這種人」就是平時跟朋友鬧得臉紅耳綠、如火如荼、沒半句好話可說，不過一旦大禍臨頭，他就會挺身而出，當仁不讓，誓死不退半步。

他曾經結交過一個朋友，是爲「七幫八會九聯盟」的高手「火孩兒」蔡水擇，曾爲知交，平時嘻嘻哈哈的大魚大肉、歡聚暢敘，但俟他平生第一次聯同「桃花社」的義士冒險犯難，遠赴邊疆，幹爲國爲民、捨死忘生的大事之際，那位朋友卻袖手旁觀、坐觀虎鬥，別說在生死關頭出手支援，連精神意志上也沒半點激勵支持，那時他就深痛地明白：

他要變成蔡水擇那種人，明哲保身，置身事外，坐而言不等於起而行，變成一個聰明而善於自保以功利爲進取的人。或者，他還是當那個傻乎乎楞憨憨的爲義氣敢踔厲取死爲交情可榮辱不計的張炭。

最後，他還是決定當張炭。

因爲當別人，他就是當不來。

——他曾經受那位朋友的影響，做了一段時候的「縮頭烏龜」，可是他並不快樂。

——反正當張炭，死了那麼多年、死了那麼多次，結果還是死不去，倒不如一直當張炭下去，萬一真的死了，至少可以做一個舒舒服服痛痛快快過癮極了的自己！就算犧牲也無悔！

◇◇◇

人要是這樣，還有什麼事不可爲？有。

以張炭的武功，還不及天下第七，就算他硬拚，也硬拚不過對方。

結果當然只有死。

在武林裡，實在沒幾個人像冷血，他憑了一身血氣、一股衝勁，對方武功愈高，愈是激出了他的鬥志，甚至可以把武功高過他五、六倍的敵手打倒。

不過張炭並不怕死。

當一個人不怕死的時候，死，是再也威脅不到他的心志了。

對他而言，死，反而是一種求仁得仁的結果。

他一見天下第七自棗林裡行出來，立即把一物塞到唐寶牛手裡，低聲疾道：「記得拿去花府。」

唐寶牛莫名其妙，正待問他，但忽然笑了起來，笑得捧腰捧腹，幾乎站不直身子。

張炭也如在五里霧中，仔細一看，也禁不住笑得前仰後俯。

來的果然是天下第七。

真的天下第七。

一向森冷、可怖、深沉、陰鷙、令人不寒而慄的天下第七。

——可是今兒卻是塌了鼻子的天下第七！

這一來，使得天下第七原來沉著可怕的形象，完全毀碎。

白布裹著鼻子的天下第七，就像一個小丑，一個白鼻小丑。

誰都看得出來，天下第七傷得不輕。

◇◇◇

天下第七徐徐解下包袱，那又舊又黃又破又沉重的包袱。

他的包袱一解，眾人的笑意就凍結在臉上。

只剩下一個聲音在笑。

輕微的笑聲。

大家這才發現，原來笑的是天衣有縫。

天衣有縫笑得很有點艱辛，帶點喘息。

天下第七見是天衣有縫在笑，反而不生氣，眼裡還流露讚佩之色。

傷鼻和這眼神，反而使天下第七第一次看來像一個人。

天下第七像一個有感情、有情懷的人。

——一個沒有感情、沒有情懷的人，不如不做人。

他饒有興味的說：「你還笑得出來？」

「人呱呱墜地就是哭，」天衣有縫奄奄一息笑著道：「人能笑時，焉能不多笑笑？」

天下第七道：「對。笑著死，總比哭著生的好。」

天衣有縫道：「不過，與其跪著跟人陪笑的活，不如躺著歡笑的死。」

天下第七道：「不管哭笑，反正你是死定了。」

天衣有縫道：「到頭來誰又能逃得過這個『死』字？」

天下第七道：「但死有爭遲早，能定勝負。」

天衣有縫反問道：「你倒來得很早。」

天下第七道：「那黑炭頭在說謊的時候，我已趕到了，他說的，我都聽到了，要不然，白愁飛怎會深信不疑？他也一早發現有人到了棗林。」

天衣有縫道：「你爲何要等白愁飛走了之後，才出現呢？」

天下第七道：「第一，我不喜歡殺全無還手之力的人；第二，我不喜歡那姓白的。」

天衣有縫眼光一閃，出現了疑惑的神情：「你不喜歡殺無還手之力的人……莫非你跟……那件事無關？」

天下第七眼神轉爲悲憫：「你已是將死之人，這裡的人，既無一能活，我又何必騙你。」

天衣有縫喃喃地道：「難道我……弄錯了……」

天下第七道：「對一個快要死的人來說，還爭什麼對錯？」

唐寶牛忍無可忍，叫道：「你們在打什麼啞謎？」

天下第七居然也一笑道：「聰明人說的平常話，對蠢人而言，都是謎。」

唐寶牛火氣上頭：「你聰明？」

天下第七倨傲地點一點頭。

唐寶牛更氣，指著自己的鼻子叫道：「我笨？」

天下第七乾脆不理他了。

唐寶牛氣唬唬的道：「好，你聰明我笨！要是你真的聰明，有本事就回答我！」他一口氣不停地道：「你公公的爸爸的小姨子的情夫要是娶了給我媽媽的外公的孫子的義妹而又把他的女婿入贅我家，那麼，他跟你和我怎麼個稱呼法？」

天下第七倒是一楞。

這一楞，居然楞了個半天。

半天他才問：「怎麼稱呼？」

唐寶牛這次可威風了，真氣一吐，哈地一笑，兩眼反白，負手看天，十足一副白愁飛傲慢時的神態。

可是方恨少和張炭心下盤算半天，也都來問他：「怎麼個稱呼法？」

「快說，快說。」

唐寶牛給催急了，搔搔頭皮，雙手一攤，道：「第一，我不知道答案。第二，我說過就忘了。第三，他家跟我家完全扯不上關係。第四，瞧他那副死人樣，怎配跟我家拉上關係？第五，我問他，誰叫你們也想？第六，你們問我我問誰？第七，不如你們去問天下第七。」

唐寶牛這一番話，無疑是把天下第七訛了一場，兜了一個大圈子。

天下第七冷笑道：「好，你可玩夠了？」

唐寶牛肅容道：「玩夠了。」

天下第七又問：「玩完了？」

唐寶牛正經的回答：「玩完了。」

天下第七一面在解開他的包袱，一面說：「那你們總該死了吧！」

他這句話一說，張炭就大吼了一聲：

「衝！」

◇◇◇

「衝！」

這行動就是衝！

這行動就叫「衝」！

一定要有「動」，才能「衝」。

但「衝」的結果，「動」的後果，往往是「死」。

天下第七本來要先殺張炭。

因為張炭倏然搶近他——而目標不是他，卻是那包袱。

——那個包袱是不能碰的。

天下第七不會允許任何人沾及他的包袱。

所以他要殺張炭。

——立斃張炭！

他要殺張炭，可是他反而衝向方恨少。

方恨少大驚。

因為勢。

天下第七衝過來時的氣勢，使他心膽俱寒。

他腳步一錯，立即想到閃避。

但天下第七是衝向他，而不是沖著他。

而是沖著天衣有縫。

他向天衣有縫發出了攻勢。

千個太陽振起一道光。

劍光。

劍取天衣有縫。

天衣有縫傷重。

天衣有縫無法行動。

天衣有縫就是他們之間最弱的一圜。

天下第七驟攻向天衣有縫，一下子打散了他們的戰意。

他們手忙腳亂，高呼低叱，要趕過來救天衣有縫。

不過方恨少步法特異，他們也無從掌握，更遑論是拯救了。

他們正值陣腳大亂，回首、出手、失去敵人、找尋目標、亂成一團之際，先勢盡失，天下第七便尋著了他在眾人裡第一個要殺的人，發出了他的「勢劍」。

——他第一個要殺的人變成了張炭。

——他也要殺天衣有縫，不過卻可以留到最後。

——正如像很多人，喜歡把自己愛吃的菜餚留到最後才吃是一樣的道理。

劍一發出，張炭已失卻了機會。

閃的機會。

避的機會。

還手的機會。

當然也是沒有反擊的機會。

——這便是「勢劍」的特色。

當劍出手時，對方勢必中劍。

張炭已勢必中劍。

中劍的結果只有死。

張炭沒有死。

他沒有死是因爲天衣有縫。

大家都亂了，天衣有縫沒有亂。

天衣有縫發出了他的「氣劍」。

——自他手上的針。

而且一針接一針，如同巨斧天塹、厲風悽雨的壓劈而至。

這是「亂針急繡」的「氣劍」。

天衣有縫的氣已弱，而且亂了。

他用的正是急促而殺力逼人的氣劍。

天下第七乍受急攻，突然大喝了一聲。

他解開了他的包袱。

向著天衣有縫。

天衣有縫大叫一聲，像被什麼擊中似的，爆出一蓬血。

熱血。

沒有人看見包袱裡是什麼。

看見的人就只有天衣有縫。

天衣有縫已自方恨少背上滑落。

然後天下第七再找張炭。

他第二個要殺的人才是張炭。

他追出來原本就是要先殺天衣有縫。

就在這時候，有人大喝一聲：「住手！」

然後他們就看見了一個人。

王小石。

一個從未見過的王小石。

◇◇◇

衣亂髮亂全身髒亂成一團恐怕連心也亂得一場糊塗的王小石！

四十一　君不見黃河之水天上來

王小石當然不髒。

——有一種人，天生就有一種氣質，高潔出塵，就算他三天不洗臉六天不洗澡十二天不換襪子，喝的是溪水吃的是路邊攤睡的是階下樹幹，他還是一樣比天天洗三次澡日日換四次衣服時時擦汗揩塵的人更加令人覺得神清氣爽。

王小石就是這樣的人。

當然他也天天洗澡。要是不方便，偶爾懶起來，一兩天不洗澡也不是奇事。他吃遍名樓菜館，卻就是愛吃路邊小攤，喜用別人的乾濕毛巾往臉上揩抹，衣服穿得個七、八天才換洗，可是予人的感覺，皮膚光滑而繃緊，膚色明亮而泛緋，衣白不沾微塵，瀟灑俊發，潔淨得如一株白蓮。

如果他是蓮，白愁飛就好比白雲。

王小石只是出污泥而不染，白愁飛則乾淨得連塵俗都不染。

王小石當然也不亂。

——有一種人，平時嘻嘻哈哈，偌大的一個人仍像小孩子一般，可是一到發生事故的時候，別人愈是慌亂他就愈是鎮定，真個可以做到臨危不亂、處變不驚、不動如山、泰山崩於前而不變於色。

患難不僅可以見真情，同時也可見本色。

王小石就是這樣的人。

甚至，有時候，他表面上可能跟常人一般驚懼害怕，可是，心裡頭早已有了一套應對之法，「害怕」也只是他一種不怕的僞飾而已。他是個有膽色的人。在他溫和的表面裡，裹著的是一顆堅定如岩石的心。

如果他的意志如同巖石，白愁飛則像大山。

王小石心志堅韌而不侵人，白愁飛則堅剛而逼人。

可是，王小石卻很亂。

真的很亂。

簡直亂得一團糟。

——當然，無論是誰，在力敵葉棋五與齊文六合擊之後，還能夠只亂了衣衫不亂了心也未曾丟了性命的人，在江湖上，在京城裡，總共就只有那麼幾人。

這幾個人裡，並沒有王小石的名字。

可是經此一役後，王小石的名字已經上了榜。

自古以來，有才能的人都好表現自己，莫不希望自己才藝得到發揮，並且能受到人們的注意。

要人注意，則必須使自己站在舞台上，而且還要讓燈火照著自己，才能令人集中視線，否則，就算你表現或表演得再好，也無人知。是故，先得要成名。成名的方法有很多種：有的以奇言異行來譁眾取寵，有的迎合潮流以投人所好，有的不惜奮臂搏車打倒權威求立威，有的則是被逼上了架子，想不露一手都下不來了。

——王小石無疑是末了的一種。

他卻力戰齊文六和葉棋五。

——不是他想要的。

他是被逼的。

◇◇◇

因為青衣文士拔了他的劍。

劍手的劍，便是他的性命。

青衣文士一手拔了他的劍來取他的性命。

王小石不想死。

不想死只有反抗。

◇◇◇

青衣文士一拔劍，就出手，邊說：「我以寫文章來教你劍法！」

他一劍就直取王小石咽喉。

高冠羽士袖手旁觀，卻喊了一聲：「明月照高樓。」

王小石忽然一反掌、出劍架開來劍。

——王小石手中無劍，怎麼出劍？

那是他以手作劍，使出「凌空銷魂劍」。

青衣文士哦了一聲，劍法一振，眼看錯了開去，卻仍直指王小石的咽喉。

高冠羽士道：「好一個『明月照高樓』轉而為『明月照積雪』。」

「明月照高樓」原是曹植的「七哀」詩，「明月照積雪」卻是謝靈運的「歲暮」詩，青衣文士一招不著，立即變招，使來妙渾天成、一氣呵成。

王小石知道對方不但武功高、劍法好，最可怕的是他招式法度森嚴，但章法又妙造乾坤，技法無跡可尋。他的「隔空相思刀」及時出手，算是架住了這一劍。

青衣文士冷哼一聲：「好，你再看這個。」他一面長吟，手底下卻沒閒著：「陶鈞文思，貴在虛靜；疏瀹五臟，澡雪精神。積學以儲實，酌理以富才，研閱以窮照，馴致以繹辭。」

他長吟聲中，已攻了六招。

六招，三百一十五式。

王小石完全被招式所籠罩。

他幾乎拆解不了。

他知道青衣文士唸的，正是劉彥和的「神思篇」。「神思篇」主旨是說明心神的修養。以及分析神思與外物的交感，從而構成文章意象。可是，這些做文章的道理，在青衣文士手上使來，完全變成了武功的招式。

「陶鈞文思，貴在虛靜」，本來是指培養虛靜的心虛，而先要虛才能接受事物，先能靜方可明察事物，這是爲文者的修養功夫。

「疏瀹五臟、澡雪精神」，即是以疏治洗滌，以達到虛靜的境界。

「積學以儲實」是指要累積經驗和知識。

「酌理以富才」是指鍛鍊分析事物的能力，用一種合於準則的方式來思考。

「研閱以窮照」是說要發揮及利用生活經驗，研究所見未聞來培養觀察能力。

「馴致以繹辭」是說應訓練文章寫作的風格，才能把文字語言掌握精確。

這寫文章的六大訣要，而今卻成了天衣無縫、絲絲入扣、無瑕可襲、綿延不絕的六記劍招。

在這種劍光交織的天羅地網裡，王小石闖不過、衝不破、掙扎不出。

他左手劍、右手刀。

他一口氣使出「踏、破、賀、蘭、山、缺」六刀。

六刀一出，仍衝不開劍網，逃不過劍劫。

他立即又使六劍。

「滿、座、衣、冠、似、雪。」

隨即，他右手使：「夢、斷、故、國、山、川」六刀，左手施：「細、看、濤、生、雲、滅」六劍。

廿四式剛剛使過，刀劍合運，運出「今、古、幾、人、曾、會」，和「一、時、多、少、豪、傑」！

這六六三十六劍刀並使，合起來便是：「滿座衣冠似雪，踏破賀蘭山缺；一時多少豪傑，夢斷故國山川，今古幾人曾會，細看濤生雲滅！」

這六句是當朝文韜武略均名傳於世的名將所寫的名詞，在王小石手上使來，以一句涵蓋六闕震古鑠今的詩詞，而又以刀劍合併，逼出六詞的意境氣勢，頓時間，青衣文士嚴謹的劍法爲之攻破。

青衣文士也喊一聲「好」，劍不停，又進擊，邊道：「使劍如同爲文，你就看看文章若寫得意深辭躓、嬉成流移、文同書鈔、拘攣補衲之弊吧！」

言盡時，劍已劃出。

劍招已成。

劍路縱橫。

死路。

文采風流，但每一招均有敗筆。

——每一個敗筆都是殺人的劍招！

王小石破不了。

——如果這四劍使得完美無缺，他反而能禦其強而攻其弱，甚至遇強愈強、奮力破之，但而今這四劍，跟先前六劍完全不一樣：這四劍充滿了缺陷。

——而這些缺失正是要命的地方，不能破的絕妙之處。因爲敵手已先破了自己的局。

（破不了。）

（棋下到此處，已是死棋。）

（死棋就得要認輸。）

（一生有些局是破不了的。）

（人生到此，不如一死。）

（可是人生在世，有些局是不得不破的，有些棋是輸不得的。）

王小石驀然一醒。

——青衣文士使的劍招，正是鍾仲偉「詩品」中所云的文章弊病：「章深辭躓」是指文章有深而隱晦的意思，但意義的掌握和表現不夠明確。「嬉成流移」原還有下句「文無止泊」，意指文章浮散，不夠嚴謹，行文漫，沒有主旨之意。「文同書鈔」原句是「文章殆同書鈔」，意指用典用事太多，以致文章如同鈔書一樣。

而「拘攣補衲」還有下句：「蠹文已甚」；攣即拳曲不能伴之意，衲即是補，蠹是食木的蟲，即是指用典太過，變成一種束縛、拚湊，成了文章的流弊。

——這句批評原在「詩品序」不同的章段裡，青衣文士信手拈來，把這些句子化做劍招，連橫合縱，揮灑自如，足見他對文章劍法已熟能生巧，合爲一體，運用得妙到顛毫，馳神入行。

——對方正是以文章之困轉爲劍術之招以困之。

——若要不爲所困，唯有不爲所動！

——若要不爲所動，唯有……

王小石猛然一省，立即棄刀。

刀直衝上天，似要破天而去。

青衣文士乍然抬頭，只見刀成了劍，劍成了青龍，飛龍在天。

——要是在天的是劍，自己手中的劍呢？

——生死關頭，存亡呼息間，王小石怎可以就此棄劍？

他急忙看手中的劍。

手中的劍卻不知在何時已換成了刀。

青衣文士一驚非同小可，再要變招已遲。

他的頸項一涼。

劍已架在他的脖子上。

這時他感覺得到劍鋒的冷涼。

劍的無情。

他不怕。

畏懼還沒來得及侵蝕他。但是，震驚已先行擊中了他。

還幾乎擊潰了他。

他還來得及害怕。

他在嘆。

驚嘆。

「這是什麼招？」青衣文士讚嘆得痛不欲生地說：「怎麼輕易破了鍾嶸的『詩品序』和劉勰的『神思篇』？」

「破不了，」王小石一抄手，接住了直落下來的劍，道：「這不是劍招，也不是刀法，而是運用存乎一心。你當然知道詩仙李白的那一句『君不見黃河之水天上來……』吧！這一句翻空出奇，突然而至，破格闢局，開門見天。劉勰在『文心雕龍』也說過：敏在慮前，應機立斷，也說過人才稟然，遲速異分。我不能困死在你的佈局裡，只好以『天上來』之劍，制住了你，就好像李太白那一句『君不見……』一般，完全打翻了詩的格律，俱自成詩。」他頓了一頓，道：「章法規律，是囿限不住真正的天才。」

青衣文士汗涔涔下。

羽衣高冠之士也聽得很用心。

——就在王小石危在瞬息的剎那，突然而且居然能以手中的刀換取了他同伴掌中的劍，把劍激飛半空，分了敵手的心神，而以一劍制勝，他當時想著要搶救，竟也目眩神馳，來不及施援。其間變幻之劇、變化之大、變動之速、變異之急，可想而知。

他手心也捏了一把汗。

王小石卻一笑。

一笑收劍。

青衣文士囁嚅道：「你……你不殺我？」

「我為什麼要殺你？」王小石笑笑說：「人生在世，難免有時候會一怒拔劍，但最好也能夠一笑收劍。」

高冠羽士上前一步，抱拳揖道：「你不殺我六弟，我承你的情，但我還是要向你討教！」

王小石微噓一口氣，道：「其實兩位也不必相瞞了……」他向兩人抱拳道：「『孤山放鶴』葉棋五葉兄、『文無第一』齊文六齊兄，王某這兒有僭了。」

青衣文士和高冠羽士兩人面面相覷。

齊文六道：「咱們還是沒有把你誑著。」

葉棋五道：「你既然已知道咱們是誰，這一戰更不能不打了。」

王小石無奈地道：「葉五哥的『飛流直下、平地風雷』棋子神兵，是武林一絕，在下遠所不及，已不用比了。」

王小石說的極爲謙恭，葉棋五卻不受他這一番話，只說：「你也不必過謙。今兒，咱們不比棋子石子的暗器。」

王小石一愕道：「那比什麼？」

葉棋五氣凝神聚：「比棋局。」

王小石一奇：「這兒哪有棋？」

葉棋五朗吟道：「天爲局，地爲譜，你我就是棋子了。」

王小石搖首道：「如要下棋則費時，葉兄何不另選日子，茗茶對奕，屆時在下一定奉陪……」

葉棋五一見王小石大有去意，即叱喝一聲道：

「呔！棋已佈定，焉容你不下！」

話一出口，已發招。

他出手，看似平平無奇，王小石見招發招，見招拆招；遇招過招，遇招接招。十幾招一過，忽然發現：

葉棋五的步法，如同下棋一般，時車一平之，時將六平五，時馬六退四，時兵七進一，時炮二進六。

有些招他沒有發，只引；有些招，他發了，但只是虛。可是在短短十幾招間，如同下了十幾記「忍著」、「等著」和「險著」一般，「殺形」已佈，「殺勢」已定，而「殺局」也成形了。

——而王小石正處身於這樣的「殘局」裡！

四十二 亂

王小石人在局裡。

——人在局裡會如何？

執迷不悟，做繭自縛，到省覺時已兵敗如山倒、頹勢不可挽。

甚至已給人將了軍、破了局、輸了棋。

儘管王小石刀劍齊施，劍法倏忽，「挽留天涯挽留人，挽留歲月挽留你」，在刀光劍影中彷彿排盪出驚心歲月，可是任由左衝右突，都掙不破葉棋五佈下的局、伏下的子、即將引發的殺著。

殺著意在殺。

殺著終引發。

葉棋五以隔空掌力爲炮，雙腿連環急蹴爲馬。

同時雙手暗器驟發，猶如兵卒過河，攻城掠地。

而齊文六就成了他的車。

然後殺著排山倒海、蜂擁而出，一波緊接一波，一浪更高一浪。

在棋局裡，「星火燎原」、「橫槊賦詩」、「折戟沉沙」、「白鶴避煙」、「陳兵苦諫」、「烏騅踢雪」的六大名局，同時發動，六局合一，成了葉棋五名成天下，無對無敵的一局：「稍縱即逝」。

可是王小石也「稍縱即逝」。

他飛縱而起。

突然離局。

他的人一拔離局中，就看清了大局。

他的身形在半空一振再折，掠出廢園。

他要破局。

當局者迷。

他不想自己陷在局中，他耽心的是唐寶牛、張炭的安危，擔憂何小河、八大天王的去向，掛慮花府中毒的情形。

他不可以在這兒纏戰。

齊文六急道：「他離局了……」

葉棋五叱道：「他一旦入了局，還可以不顧大局就走嗎？」

這世上有多少人能說離局就離局？

別說人在局裡，就算只是遊戲，有時候也不能說不玩就不玩，如果是工作，也不能說不幹就不幹，要是身外物，也不一定說放下就能放下。

有的人，拿得起、放得下。

有的人拿不起只好放得下。

有的人，拿不起也放不下。

王小石呢？

◇◇◇

他突然發現了一件事：

世上有些事，不是你放得下就可以放下的，就像手中的劍，當你拿起了它，也正是它拿住了你，有一天你若要放下它，首先也得問問它同不同意。

王小石刀劍合一，而且人和刀劍也合一，心意相通，已不必問。

但是，葉棋五可不同意。

他的棋子不同意。

他的局也不同意。

不同意讓王小石走。

也不同意讓王小石活下去。

◇◇◇

王小石正要飛身出廢園，突然發現，局外還有局。

牆垣之外，是一個更大的局。

棋局。

以人爲子的棋局。

三十二個人。

這卅二人，自然都是高手。

他們楚河漢界，各自佈陣，劍拔弩張，整軍待發，不是爲了互相拚搏，而是爲了等王小石。

——等王小石自行落入局中，然後立即引發的殺局。

王小石想離局，結果另入一局。

局外局。

◇◇◇

王小石只有兩條路。

一條是翻出圍牆，爲「外局」所困。

一條是仍留在廢園，被「內局」所伏。

內外都是局。

——一旦引發，都是殺局。

結果都是死路。

人不到逼不得已，絕不走死路。
王小石也不走。
他選了第三條路。
第三條路是：
不走。

◇◇◇

他身形突然一挫，竟乾脆在牆頭上一頓足，不走了。所以他既沒回到原局，也沒落入新局。
他是在兩局之間。
因而他自成一局。
牆外的佈局，認定他一定會落下來，所以已然發動了。

一動不可收拾。

如果真有敵人入局，埋伏發動，自然奏功——可是敵人迄今並未進局，但全局已被引動，這樣一來，先機盡失，局勢大亂，局面已爲敵人所掌握。局已不成局。

這只不過是瞬息間的事。

但是王小石已然掌握一切了。

◇◇◇

——武林高手的定義是什麼？

武功高強的人。

這一點是必須的。

在武林中有崇高地位的人。

這一點也是必然的。

可是，武功高強和地位崇高的人，都必須要有一個共同的特質，那就是：

要能掌握天機、把握先機、創造時機。

就算是稍縱即逝的際遇，也不能放過。

王小石的野心不大。

但他是個有能力的人。

——有能力的人加上志氣，如果際遇也好的話，遲早會變成個舉足輕重的人物。

王小石無疑是這樣的人。

◇◇◇

局面一亂，但很快就可以調整、適應，一旦得以重新控制，就可以另成新局。

可是王小石已發動了反擊。

他一腳，踹倒了牆。

腳連環踢出。

磚塊接連的飛去。

牆倒，葉棋五和齊文六只好退避。

待牆完全坍倒、塵埃落定時，三十二名「棋子」已倒在地上。

一人著了一塊磚。

偌大的磚，僅是磚角擊中了他們的穴道。

王小石已不見。

齊文六大喝道：「我們追！」

葉棋五搖頭。

齊文六餘怒未消，又氣又憤：「這廝不戰而逃，這算什麼？」

葉棋五臉色冷沉：「他已戰勝，只是不為己甚，忙著去救人，我們也旨在試一試他的武功。」

「現在，可試出來了。」他有點苦澀地接道：「我們的任務只是攔他一攔、阻他一阻，我們也真的盡力去攔阻了。」

齊文六想了想，看得出是在竭力把怒意強壓抑下來：「他能殺得了諸葛？」

「不見得，」葉棋五整了整衣冠，遐想入神地道：「只不過，王小石今天，也未必過得了那兩關。」

「兩關？」

「無論他遇著的是天下第七還是白愁飛，」葉棋五神色帶著詭異地道：「究竟誰還能活下去都是個問題。」

齊文六問：「五哥是認為他們一定會打起來？」

「不同原則、不同陣線、不同理想而又同一目標的人，一旦碰面，遲早都會發生衝突，」葉棋五道：「我們雖沒把他擊敗，可是他戰了咱們兩場，心力體力亦大為耗損，遇上白愁飛和天下第七，功力上都得打折扣。」

齊文六笑了：「遇上天下第七或白愁飛這樣的敵人，差一分精力那等於是白送性命。」

「這還不打緊，更重要的是，我覺得，」葉棋五的神情就像在滲透了一局乾坤妙局的玄機：

「王小石有些心亂。」

「心亂？」

「心亂人自敗，」葉棋五道：「故而對梟雄而言，最好天下大亂，愈亂愈有可為。」

齊文六走過去，運指如風，解開仆倒在地上部屬們被封的穴道，他聽葉棋五這樣闡說，剛才挫敗的心理才開朗了些：「對敵人而言，王小石的心，自是愈亂愈好。」

葉棋五所佈的局，對王小石完全牽制不住，且被一擊而潰，心中也很不痛快，道：「亂死他好了。」

其實他心裡也很亂。

——因爲他的棋局殺著，對王小石而言，竟如此不堪一擊。

所以他這一句話，簡直是當成一個詛咒。

◇◇◇

的確，王小石不但人亂，連心也亂了。

他心亂的原由不是爲了敵人，而是爲了朋友。

而且還是他的「兄弟」。

——白愁飛。

他的朋友正在進行一件相當卑鄙的陰謀。

王小石的兄弟正在幹著損人利己的事。

——他該不該阻止？

——他應不應相助？

他矛盾。

所以他心亂。

王小石喝止天下第七的時候，因爲連戰齊文六和葉棋五，踢倒土牆，身上沾了一身泥塵，幾乎是足不沾地的趕了過來，自然是亂了衣衫亂了髮，更重要的是，也亂了心神。

天下第七果然是止住了手。

「是你？」

王小石長吸了一口氣：「是你。」

他知道眼前的人是他平生未遇的高手。

天下第七冷然道：「你要救他們？」

王小石看了看大局，但見幾個朋友：張炭、唐寶牛等人都無大礙，心中略舒一口氣，忙拱手道：「請高抬貴手。」

天下第七一雙白多黑少的眼睛翻了翻。本來，王小石兩次遇上他，雖未曾跟他正式動過手，都爲他身上的肅殺所震懾。那也不只是殺氣，而是死氣，一種跟死亡的滋味幾乎是一樣的感受。

可是，王小石現在卻忍不住笑了。

因爲他看清楚了天下第七的樣子。

他鼻子裹著白布，左手也包紮著白布。

白布裡還滲著血。

這使得天下第七原來肅殺的神態，完全變了模樣。

變得有點滑稽。

王小石雖然爲了一件事，心裡不知如何是好，但見了天下第七的樣子，使他一向活潑開朗的個性，「勤有功、嬉有益」的性情，都不自覺的「發作」了開來。

他笑了。一個這般叫人畏怖的人，只要在樣貌上稍作了一些改變，感觀便完全不同了。那麼說來，就算是皇帝天子、聖賢名士，只要他們處身於完全不同的環境裡，做不一樣的打扮，是不是跟凡人也沒兩樣？甚至有可能不倫不類得令人發噱！

天下第七冷然：「你笑什麼？」

王小石答道：「笑你。」

天下第七冷哼一聲，他知道王小石說的是真話。

「其實你這樣更好看，」王小石道：「至少比較像是人。」

天下第七道：「廢話。」

王小石道：「好，請你放了他們。」

天下第七略做沉吟：「你是我主人要用的人，我主人有事要你去辦，所以我能不殺你，就不殺你。」

王小石道：「謝謝。」

天下第七道：「如果我堅持把他們殺光，你會出手救他們？」

王小石笑道：「在所難免。」

天下第七道：「可是我一旦動手，就會殺了你。」

「你的主人還有事要我去做，」王小石道：「所以你不能殺我。」

「好，我只殺這兩個人，」天下第七向張炭、方恨少指了指，然後睨了睨天衣有縫，道：「他已死定了，我不必再殺他了。」

王小石搖頭。

「他們都是我的朋友，你一個也不能殺。」

天下第七臉上的青筋突現，王小石又感覺到那股肅殺之氣了。

他仍想笑。

可是笑不出來。

連一向豁達開朗的王小石，想笑都似給人逼住了，其他的人所感受到的壓力，更可想而知。

王小石即道：「既然你受了傷，而且傷得不輕，在此時與我交手，實在不聰明。」

「你也不會好過到哪裡去，」天下第七盯住他道：「你剛才跟人劇鬥過吧？」

王小石悠然地道：「但你已負了傷。」

天下第七道：「可是你卻很急。」

王小石道：「我可以先在此地應付你，他們先行去花府救人。」

天下第七道：「你一定要救他們？」

王小石道：「你一定要殺害他們？」

天下第七正想說些什麼，突然間，只聞嬌叱一聲，然後，就是亮起一道刀光。

刀光美極，就像情人爲美麗女子詩中圈下的眉批。

刀色清淡，如遠山的眉，夕照的依稀。

這樣的刀光，就像是月色。

不是殺意，而是詩意。

有人使刀，竟使出詩意來。

可是這詩意卻引動了所有的殺機。

——此刀一出，本來不擬出手的王小石和還未打算動手的天下第七，只好被逼交手。

因爲勢成騎虎。

所以勢必如此。

四十三　君不見高堂明鏡悲白髮

從樹上倏落下來，向天下第七猝然出刀的是溫柔。

溫柔一直都在樹上。

她在樹上是因爲天衣有縫。

天衣有縫把她自壽宴裡救出來之後，溫柔卻說什麼也不肯走。

「妳要怎樣才跟我回去？」天衣有縫問。

「我只有一個人。」

「你怕？」

「救他們全部？」

「你不敢！」

「那是一個陰謀。他們背後還有高手隱伏，以我一人之力，如果逞強，恐怕連妳也照顧不了。」

「那至少也得把大方救出來。」

「你不去，我去……」

溫柔正要長身舉步，天衣有縫卻突然點倒了她，然後拔身而起，掠上了一棵枝葉繁茂的棗樹，把溫柔輕置於較茁壯的橫椏上，柔聲道：「妳叫我去，我就去，本來要把大方救出來的，可是我就怕妳遇險。我這點穴手法很輕，片刻後自解，萬一我回不來，妳也不致受制，記住，如果我沒回來，不必理我，千萬別闖進花府去！」

天衣有縫躍下樹來，仔細觀察過溫柔藏身之處，肯定不致遭人窺破後，才再奔回花府去。

之後，天衣有縫便著了天下第七的伏襲，反而是方恨少背了他亡命奔逃。

天衣有縫身負重傷，本待告訴方恨少溫柔藏身何處，恰見白愁飛就在該處制住了唐寶牛等一干好漢，頓時啞忍不說，心中慶幸也把溫柔穴道封制，否則，以溫柔個性，定必會輕舉妄動，一旦讓敵人發現，只有枉自犧牲、妄送性命了。

當然，他內心也極其焦慮。

因爲時辰一到，穴道自解，屆時溫柔必然沉不住氣，定然出手。

這一出手，行藏暴露，不論白愁飛還是天下第七，都絕非是溫柔可以敵得過的人物。

而今溫柔果然出手。

她出刀前還叱了一聲。

因爲她不喜歡暗算人。

——就算敵人再強大，她也不會做暗算人的事。

所以她未出刀之前，先揚聲。

揚聲是爲了出刀。

溫柔的刀。

◇◇◇

王小石是第二次看見這把刀從天而降。

這麼美麗的刀。

這麼美麗的人。

一向都不溫柔的溫柔。

◇◇◇

上次那一刀，使王小石忙了好一陣子。
——忙著和白愁飛自一大群「六分半堂」的高手裡救人。
——救的當然是溫柔。
這次的一刀，更使王小石忙壞了。
忙的也是救溫柔。

◇◇◇

有一種人，天生下來便是個救人的人。
無論他自己喜不喜歡，總是常常救人。
王小石便是這種人。
有一種人，天生是個殺人的人。
不管人是不是他要殺的，但總免不了殺人。
就算不殺人，害一害人也好。

天下第七只殺人，殺人可以說是害人最直接的一種方式。

另有一種人，生下來便常常要人救。

縱然他自己不希望被人拯救，而是喜歡救人，結果仍是要人去救他，他救不了別人。

溫柔無疑就是這種人。

此刻，她便是爲了救人而爲人所救。

問題是：要殺她的人殺不殺得了她？要救她的人救不救得了她？

◇◇◇

這刀一砍，天下第七立即作出了反擊，他原本有沒有打算出手，誰也不知道，但溫柔在此時此際向他砍出一刀，他想不全力出手也不行，因爲強敵在前。

——王小石肯定是個大敵。

天下第七一旦反擊，完全是蓄勢待發的聲勢。

王小石更不能不出手。

因爲他知道以溫柔的功力，絕對擋不住天下第七的一擊。

爲救溫柔，他只有刀劍齊發，攻向天下第七。

天下第七也立時發現，王小石似乎很在乎、亦很著緊溫柔。

——一種比對自己的性命更在乎的在乎。

——一種比對自己的安危更著緊的著緊。

天下第七馬上領會。

他抓到了對手的罩門。

是以他向溫柔發動了全面的攻擊。

這處境奇特的是：

溫柔夾在兩大高手之間，但一時間，她也分不清誰才是王小石、誰才是天下第七？只知道刀劍如山，勁道排湧，彷彿有雙龍二虎在她身旁作殊死搏戰，可是她既看不見，也搞不清楚，而耳際盡是對掌的轟響和刀劍交擊的銳音。

她人在雙方拚搏的風眼之中，反而悶著，但覺勁力捲湧，胸中一陣陣噁心，連吐也吐不出來。

她不知道，就是因爲她存身於兩人之間，王小石已爲她吃了多少苦、硬擋了多少險招，幾次險些喪在天下第七的手裡。

天下第七根本不必向王小石出手。

他只要攻向溫柔。

溫柔還懵然不知，王小石則要忙於照應、疲於奔命。

幸而王小石練的是「仁劍」。

——「仁劍」志在救人，不在傷人。

——「仁刀」亦然。

——如果世間上有所謂「屠刀」，「仁刀」即是要人「放下屠刀」。

王小石以刀劍救護溫柔，正符合了「仁刀仁劍」的招路。

所以王小石還可以勉強應付。

可是王小石自知不能應付下去。

因爲他知道天下第七還根本不能算是真正出手。

天下第七使的是「仇極掌」。

——這一種掌法，王小石聽過。

也曾聽他師父天衣居士說過。

那是他師叔元十三限的絕門武藝之一。

可是這「仇極掌」卻怎麼在天下第七的手下使了出來？

王小石心中驚疑。

驚比疑多。

因為凶險。

天下第七的「仇極掌」，每一掌宛似深仇巨恨，使王小石刀劍齊施，仍不敢有半點差池。

王小石對這套掌法，雖未練過，也有所聞，天下第七手上使來，還不算完全純熟。

然而，王小石已有好幾次迭遇險招，不但幾乎救不了溫柔，連自己也護不了自己。

——天下第七真正的絕門學藝，是在他包袱裡。

天下第七包袱裡的「武器」，尚未出手。

王小石急。

急極。

就在這時，溫柔做了一件事。

一件未知對或是錯的事，也是足以使天下第七和王小石馬上得分勝負、定生死的事。她反正不明白身邊發生什麼事，所以她決心要離開。

她走。

溫柔的輕功一展，便是小天山的「瞬息千里」。

這是輕功中的輕功，除了方恨少的「白駒過隙」，在場諸人，就算是王小石或天下第七，在輕功上也得技遜一籌，追不上她。

——故此，除非天下第七是有意要放走溫柔，否則的話，不管他要以溫柔來脅持王小石，還是把她殺了都好，此際再不全力出手，溫柔輕功一旦施展開來，天下第七有王小石這等大敵當前，要拿溫柔，除非先擊殺王小石了。

天下第七如要發動，只有在這稍縱即逝的時機裡發動。

王小石心知不好，但也沒有辦法。

——他不能喝止溫柔，因爲這一叱間，反而使溫柔進退遲疑，而遭天下第七的毒手。

——任何戰鬥，都會有結局。他要是再纏戰下去，溫柔夾在中間，遲早遇禍。而且，他要趕去花府阻止陰謀的進行，更不能再拖延下去。

溫柔說走就走。

天下第七只好發動。

王小石只好應戰。

他突然棄刀。

刀如神龍，直衝半空。

天下第七只覺頭上一慄，一柄刀在半空中翻翻滾滾的浮升著、騰躍著、閃爍著，抖出千個傳說、萬種亮麗，正向他的門頂直劈下來。

同時間，他發現王小石的劍已欺入他的中門。

劍無聲。

無色。

無情也無命。

這已不是「仁劍」。

天下第七聽說過這種劍法。

「君不見高堂明鏡悲白髮……」在半空皓若神龍的刀猶如高堂上的明鏡，但悲的仍是人間的白髮，那才是致命的一劍……

這種劍法，他也聽元十三限說過，天衣居士雖然能創，不過，就連天衣居士自己也不會使……而今卻讓王小石施了出來——此子決不可留！

一種強然的鬥志和殺意升起。

天下第七解開了他的包袱。

千個太陽——

在手裡。

他手裡有千個太陽。

◇◇◇◇◇◇

在這生死存亡一髮間，王小石是疑多於驚。

天下第七確是使出了殺手。

可是他的出手仍是慢了一慢，緩了一緩。

這一慢一緩間，要比剎那之間還短，可是，溫柔的「瞬息千里」已然展動。天下第七已擊不中她，王小石也及時把對方的攻勢接了下來。

——究竟是天下第七出手慢了，還是溫柔的輕功太快？

王小石不知道。

他只知道以天下第七，絕不會放棄那樣一個稍縱即逝的大好機會的。

——除非他不想真的殺死溫柔。

——怎麼會……？

王小石已不能再想下去。

他什麼也不能想。

甚至可能以後也不能想東西了。

一個已失去生命的人，還能想些什麼？

◇◇◇

王小石絕不想死。

他還有太多的事要做。

天下第七的殺手鐗一旦展動，包袱一旦開啓，王小石的「君不見」刀劍互動之法，馬上受到牽制。

如果他要搶先把攻勢發出去，只有傷著溫柔。溫柔一走，天下第七的「太陽」已到了王小石眼前。

先勢已失。王小石只有硬拚，或退避，退避的結果仍是避不掉。

——誰能追到太陽？避過陽光？既不能避，硬拚又如何？

可是王小石卻在此時，發現了一件事：

他還沒有看清楚天下第七包袱內的事物，但已經可以肯定，那件「事物」，只要跟天下第七的功力合在一起，就可以把原來的功力或利器的威力，再增加提升一百倍，甚至超過一百倍的力量！

——這到底是什麼「東西」？

王小石已是別無選擇了。

他只有避。

直避入棗林裡。

天下第七追入棗林。

強光也追入棗林。

就像是太陽落入了棗林，整個林子都似燒著了的一般燦亮了起來。

天下第七即時肯定了一件事情：

就算王小石避入棗林，還是躲不掉。
王小石躲不掉「太陽」的威力。
可是王小石一入棗林，就做了一件事。
凡他經過之處，雙掌必揮，樹上棗子急落如雨。
箭雨。
因為那些棗子都變成了暗器。
王小石的「石頭」，就在這一刻裡，竟變成了「棗子」。
天下第七要擊中王小石，他自己也得要被棗子打成千瘡百孔。
——要傷害一個人，首先自己也得要付出代價。
——可是當那代價是「死亡」的時候，你還願不願意付出？

◇◇◇

王小石再步出棗林的時候，溫柔和張炭都愣住了。
——王小石居然還沒有死。
——他還活著。

——可是極度疲倦。

——極度疲倦的活著，仍是活著。

——只要一個人仍能活著，就是件好事，可是世上的人總是忘了這件每天都該慶祝的好事。

——難怪有人說：人總是對已經得到的不去珍惜，而去愛惜那希望得到的。

◇◇◇

王小石也驚魂未定。

說起來，他和天下第七真正交手，只有一招。

那是在溫柔施展輕功的刹那，他發出「君不見」一招爲始，直至天下第七不想爲了殺他而硬捱千百顆「棗子」，故而把那一記「勢劍」，迴掃棗林，在那一刹那間，棗樹林幾乎成了光禿禿的。

然而卻救了王小石的命。

天下第七一擊失利，立即就撤走。

他本來就不欲在此時殺王小石。

而且他現在知道要殺也未必殺得了。
所以他走。

◇◇◇

這是王小石與天下第七第一次交手。
兩人各佔不到便宜，無功而退。

◇◇◇

天下第七一走，王小石立即想起了他要辦的事。
在場卻只剩下了溫柔和張炭。
張炭留下來是爲了要替他掠陣。
溫柔則是剛剛才脫險。
——原來在王小石力戰天下第七的時候，八大天王忽然臉色慘淡，虎吼一聲，飛身而起，直撲「發黨」總部。

白愁飛曾經對他下了重手。

下了毒手。

辣手。

八大天王一是爲了報仇，二是要揭發白愁飛之局，不顧身上重創，要持著一口氣，趕去「發黨」花府。

八大天王驟然而起，一時間，大夥都攔他不住。

何小河已追了過去。

張炭急道：「這兒我來看顧，你們去接應高大名吧！」他這樣說，因爲他知道，如果王小石敵不住天下第七，他們幾人全在這裡也無補於事，只是多送幾條命而已，不如先趕過去花府辦正事要緊。

而他留在這裡，要跟王小石共生死。

真正的朋友，本來就是交來同患難、共富貴的！

八大天王趕到大堂，白愁飛已把「好戲」演完，正要群雄欠他「救命之情」，眼看大計可成之際，八大天王就一面呼喊著，一面闖了進來。

「不要中了這惡賊的奸計！」八大天王大呼道：

「他就是部署這個假局的……」

話未說完，「嗖」的一聲，八大天王只覺喉頭一涼。

然後他看見自己的鮮血，自下頷激標出來，而喉頭裡，也不斷有鮮血湧上來。

他眥眩欲裂，戟指白愁飛，厲聲道：「你……」

白愁飛對他下了殺手。

何小河恰在這時闖了進來，一聲哀呼……

◇◇◇

這時候，王小石聽了張炭急促說了幾句話之後，正全力施展輕功趕赴「發黨」總部。

可是他心裡，卻一直響著一個聲音。

一個疑問。

——要是白二哥真的做了這種事，我該怎麼辦？

——要是二哥真的在場，我應如何做呢？

——敵還是友？

——是兄弟還是對手？

——自己到底該不該管這件事？

◇◇◇

人生在世，其實常有這種問題，正如有天堂就有天堂鳥；也總有人去管該管的事，有人去做不應做的事，一如有光就有影子的道理一樣。

四十四　傷逝

天衣有縫傷得十分之重。在王小石與天下第七未分勝負之際，他示意方恨少把他揹進了冬棗林。

他說話已不能控制聲量——在這樣的傷勢下，只要能說得出話來，就已經是奇蹟了。

「答應我，」他艱辛地握著方恨少的手，艱辛的說：「你要保護溫柔，勸她回洛陽。」

方恨少知道天衣有縫已不能再活下去了，而天衣有縫可以說是爲了他而致一再受天下第七重創的，沒有比認清這一點更難過了。

「是。」方恨少垂淚道：「我會的，你放心。」

「你要設法使王小石殺掉天下第七，替我報仇；」天衣有縫的眼神已完全散亂，但神智尚在：「只有王小石能制得住這個人……」

「好，我一定去殺那怪物，爲你報仇！」方恨少義憤填膺。

「不可以！」天衣有縫立即抓緊了方恨少的手，一急就嗆，一時連一句話都說不出來。

「你慢慢說，慢慢說，別急，」方恨少看了難過，忙不迭的道：「你說什麼，我都依你，你就是別急。」

好一會，天衣有縫才能繼續把話說下去：「……你不是……他的對手，只有王小石……可以……」

「好，好，我一定想盡辦法讓王小石替你報仇的，」方恨少也握住了他的手：「你要快快好起來，看我們怎樣為你報仇。」

「我……好不了……」天衣有縫苦笑道：「萬一王小石不能為國家民族作決斷，對自身情義又不能作取捨，那麼，還有一個人，他也能收拾天下第七，你一定要協助他……」

「誰？」

「我義父……」天衣有縫又咯血：「溫嵩陽。」

「溫晚？」方恨少嘀咕道：「溫大人的武功那麼高，又德高望重，我……人微言輕，卻是如何幫得上忙？」

「你一定要在他來京城之前、還未遇著天下第七之時，先把天下第七和我交手的情形告訴他……」天衣有縫吃力地掙扎著說：「你一定要在他未和天下第七交手之前，把天下第七向我出手的情形……詳詳細細……告訴他……」

說到這裡，他已疲倦得說不出話來。

——看一個人瀕死的掙扎，那種感覺有時真比死還難受。

——有時候，既不能替他難受，真會生起「不如讓他快點死了算了」的想法。

方恨少明知天衣有縫所託的是苦差：

——他怎麼知道溫晚幾時來？

——他如何知道溫晚幾時會和天下第七碰面？

可是他沒有選擇。

他不能在一個臨死的人面前作任何抉擇。

他只有答允。

「我一定做到。」

——大不了我先到洛陽去找溫晚。

不過，方恨少卻想起了一件事，忍不住問道：「溫姑娘是溫大人的女兒，爲什麼不由溫柔去說呢？」

「……我和天下第七在花府交手的時候，只有你在場……」天衣有縫合上雙眼，道：「何況，只要白愁飛和王小石仍在京城，我也不認爲……溫柔……她會願意返洛陽……」

他說這話的時候，語氣蘊含了多少無奈、疲乏與痛心。他來京城，逗留了那麼久，竟勸不到一個溫柔。

——溫柔對他之無心無意，真比他身上的傷更傷。

他這一合目，眼角也滲出了淚來。

方恨少卻真怕他這一閉目，就一瞑不視了，忙道：「我會，我會的，你放心，我會把一切告訴溫大人，我會要王小石對付天下第七，爲你報仇。」他生怕天衣有縫仍不放心，大聲補充道：「我一定會勸溫柔回去。她要是不回去，我會抓她回去、踢她回去、趕她回去……」

忽聽一個聲音淒楚的道：「你明知我回去不會快樂，你爲什麼硬要我回去？」說話的是溫柔。

溫柔第一次那麼溫柔。

她蹲了下來，看到天衣有縫的傷勢，她連心都痛了起來，想到天衣有縫現時所受的痛楚，她更連肉都微微覺痛。

——可是不管怎樣，她都不想回去。

天衣有縫一見溫柔到來，呼吸又急促了起來：「義父是疼妳的，妳不回去，他會很傷心的……」

「我回去？你叫我天天對著那班人，叫我嫁給那個人，叫我日日三從四德相夫教子嗎？」溫柔哀哀切切地道：「天衣哥，我知道，你做的一切，都是為了我好，可是你真要為了我好，你為什麼還要勸我回去呢？」

天衣有縫又是嗆咳起來了。

他嘴裡咳著，鮮血卻自鼻孔裡湧了出來。

溫柔看了心慌，方恨少也心亂。

「我反正已快要死了，妳不回去，我也無能為力，可是妳留在京城，千萬要小心，我……不能照顧妳了……」

溫柔哭了。

「你待我那麼好……」溫柔哭得梨花帶雨：「……我卻一直避開你……」

天衣有縫伸手去握溫柔的手。

溫柔也抓住天衣有縫的手，就似抓住個遇溺的手，又似自己遇溺時拚命抓住根浮木一般。

天衣有縫臉上露出安慰之色。

「還有一件事……」天衣有縫勉力保持神智清醒：「妳託我調查雷姑娘……受辱的事是誰搞的……」

溫柔登時「呀」了一聲：「莫非是這怪物……」

天衣有縫好不容易才搖了一搖頭：「我到今天，還查不出來……不過，天下第七的背上，確有傷痕……」

「那定然是他了！」溫柔叫了起來。

當日，她和雷純在後巷遇上一個邪神似的人，他幾乎要姦污自己，雷純僅以身代，她悲忿已極，誓要爲雷純報仇。

她曾託天衣有縫查探是誰所爲，並以「若能手刃那淫徒，我或會跟你返家」爲條件，使天衣有縫爲此事盡力。

是以天衣有縫一直跟蹤著天下第七。

他也跟著溫柔：除了要保護她免受傷害之外，同時也認定，那個淫徒上次未能對溫柔真個銷魂，未必甘休，定會再逞獸慾，他要趁機除此一害。

結果，他的跟蹤換來天下第七必殺他的決心。

那次，那淫徒雖沾污了雷純，可是也曾著了溫柔一刀，就砍在背上。如今天下第七背上有傷，那就想必是他無疑了。

「可是……他背上不止一道傷……」天衣有縫怕溫柔魯莽行事，即嘶聲道：「……在未查得水落石出之前，妳、妳千萬不要……」

「可是天下第七傷了背，」溫柔恨恨地道：「就憑這一點，他就該死了……」

天衣有縫忽一把猛握住她的手。

他用力如許之猛，溫柔幾乎痛得叫了起來。

「妳不是他的對手……妳千萬不要去招惹他……」天衣有縫一定要溫柔答允下來：「報仇自有人在。妳不要爲我報仇……妳千萬不要替我報仇……記住，不要去惹這個煞星……」他說時因觸動了傷口，痛得全身都抖哆著。

溫柔見他辛苦，不敢過份拂逆他的意思，忙道：「是，好，我聽你的話就是了。」

天衣有縫這才漸漸放手，稍微平靜下來。

方恨少忽想起一件事，問：「剛才你不是對天下第七說過……他涉入一件案子裡嗎？到底是哪一樁案子？」

「對，那是當年翻龍坡的血案……」天衣有縫的氣息又微弱下去了：「你只要把我這段話，告訴義父，他就會處理了。」

方恨少「哦」了一聲，溫柔卻禁不住好奇，問：「血案？什麼血案？翻龍坡？

那是天下第一大幫的重地嘛……」

方恨少聽天衣有縫垂死之際，提起翻龍坡的事，心裡就疑惑著。

可是天衣有縫沒有回答溫柔的話。

因爲他不想溫柔去管這些事。

「妳……」天衣有縫緩緩的睜開眼睛，望著溫柔。

溫柔流下了兩行淚：「你有什麼話，都說出來好了，都是我害了你，都是我害死你的，你罵我好了，你打我好了……」

方恨少勸她，溫柔很激動怎麼都沒法安靜下來。

方恨少見天衣有縫整個臉容都在迅速的枯萎中，而且幾次欲言乏力，他慌忙跟溫柔說：「他還沒有死，妳得聽他的話呀！」

溫柔一聽，倒是止住了嚷嚷，止住了哭，湊臉過去，一雙淚眼，癡癡的望著天衣有縫。

「妳……要……答……應……我……一件……事……」天衣有縫衰弱地道。

「你說，你說，我都答應你。」溫柔的淚又控制不住，簌簌而下：「你要什麼我都答應，最好、最好你就不要叫我回去好不好？」

天衣有縫沒有回答。

「……你要我答允你什麼事？」溫柔溫柔的問。

天衣有縫仍是沒有回答。

「你？」溫柔驚呼：「你！」

「他已經死了。」

方恨少輕輕用手，攏起了天衣有縫的眼，低聲說了一句：「你放心吧！」然後徐徐站起，長嘆。

嘆息如風裡的落葉。

風裡的喟息。

◇◇◇

王小石叮囑溫柔務必要把方恨少和受重傷的天衣有縫找著，他自己卻要趕去接應八大天王。

他趕到的時候，八大天王已經死了。

白愁飛向著他，平靜地道：「你來了。」

王小石不可置信的搖了搖頭：「二哥，不可以……」

白愁飛灑然一笑：「我在設法救他們，有什麼不對？」

何小河悲聲道：「你殺了他……」

白愁飛即截住道：「他阻止我救人，我只有把他殺了。」

「他是阻止你害人！」唐寶牛吼道：「你就是部署今天這局的幕後策劃者！」

眾皆震動。

白愁飛目中殺氣大盛，王小石一步上前，護在唐寶牛身前：「二哥，我們都知道了……」

「你知道什麼？」白愁飛神色不變：「誰都知道，我現在正在救人。」

「你在騙人，在害人，在控制人，卻不在救人；」張炭趕到，發話：「真正的解藥，在這裡。」

他揚起手，手裡唐三彩雕獸瓶，約有巴掌大小。

白愁飛抬目一看，猛然一愕。

「這是我剛才撲過去寧願挨你一指時取的：因爲這才是真正的『過期春』解藥，你以爲這麼容易就能要我張某人硬吃你一記麼！那是有代價的！」張炭高聲道：「你們要相信我，我分辨得出什麼是真解藥，什麼是假的；他手上的藥只可解一時之恙，不久之後又要你們去求他，他藉此來控制你們。」

語音一落，他的好拍檔唐寶牛已把話題接下去：「他的話你們一定要聽，因爲他是張炭。」

唐寶牛不遺餘力爲張炭大肆宣傳似的道：「他是精通『神偷八法』、『八大江湖術』、『桃花社』的五當家、『天機組』龍頭老大張三爸的義子，還有我，唐巨俠寶牛大人的小老弟：張飯王張炭是也。」

四十五 一葉驚秋

白愁飛神色不變。

——其實仍是有變的。他的眼神一長即斂，左手也微微動了動，但實際上卻又紋風未動。

那是他強壓抑下來。

可是這已足夠。

王小石已瞧出來了。

他太瞭解白愁飛了。

——目光暴長之際，已動了殺機。

——左手欲動之際，是要伸手入襟察看自己的東西是否已落入他人之手。

這兩個極其細微的甚至是欲動未動的「動作」，已證實了一件事：白愁飛的確是有做過這種鄙惡的事。

王小石閉了閉眼睛，幾乎是呻吟的叫了一聲：「二哥……」

白愁飛向張炭一攤手：「還來。」

唐寶牛搶著替張炭回答：「跟你說這句話的人實在是李太白的弟弟。」

張炭倒是奇道：「李太黑？」

「不是，」唐寶牛更正：「是你太笨。」

白愁飛忽也更正：「不是你太笨。」

唐寶牛奇怪有趣的問：「是什麼？」

「加一個『們』字，即是『你們太笨』！」白愁飛說：「天堂有路卻不走，地獄無門送上來。」

這句話一說完，他就動手。

一動就是殺手。

他左手三指，攻出「小雪」，右手三指，彈出「初晴」。

「小雪」取張炭。

「初晴」攻唐寶牛。

兩指都要命。

要命的兩指。

兩指並非不中，而是被人接下。在場中雖有數百人，但能從容的接下白愁飛的「小雪初晴」者，恐怕就只有一人。

不僅花枯發知道這點，在場群豪亦莫不知道這一點。

他們都恨極了白愁飛。

他們都把希望寄託在王小石的身上。

「我今天要是不能把他們全都殺光，」白愁飛也很明白這一點：「他日他們一定會把我殺掉。」

「只要你今天放過他們，」王小石懇切地道：「他日他們若對付你，那麼，賬得跟我先算！」

「你這般維護他們，卻又何苦？」

「他們與你無仇無怨，你要挾制他們，卻又何必呢？」

「這個……」白愁飛沉吟道：「我們不要在這裡討論。」

王小石有點喜出望外：「二哥的意思……」

「到內堂去，」白愁飛明晰的表示不便：「咱們兄弟，沒有必要在外人面前起衝突。」

「是。」王小石的心裡，簡直是歡天喜地；只要能夠勸服白愁飛，不再對這一群無辜的好漢施辣手，要他做什麼都願意。

◇◇◇

到了內堂，窗戶過高，而這時已入暮，故而堂內昏暗不堪。

白愁飛走到暗處，負手沉吟，慢慢停步。

他仰首望窗。

窗外已隱約可見三數星光微亮。

「你爲什麼要這樣對我？」白愁飛的語氣很壓抑：「咱們是兄弟，你卻偏要在外人面前跟我爲難！」

王小石一聽「兄弟」二字，只覺一陣熱血沸騰。

「剛才情急無狀，只顧勸止，免鑄大錯，莽撞之處，請二哥見責。」王小石恭敬地道：「不過，請放了那些人吧！這樣脅制他們，反易成仇，弄巧反拙，對誰都不好。」

白愁飛臉色一沉，比天色還暗，出口倒像是暮色裡一兩道冷熱的風：「你太過份、太多管閒事了。」

王小石只覺一凜。

白愁飛的語氣卻又急劇轉和：「不過，你倒是及時制止我幹下這件滔天罪行，真不愧是我的好兄弟！」

王小石大喜過望：「二哥，剛才我出言無狀，衝撞之處還要請你原諒，我因是一時情急。二哥向來比我見多識廣，我只怕這件關係重大的事上，二哥會誤信那些奸宦的擺佈，那就貽禍無窮了。江湖上的朋友跟我們是同一條根同一塊土的，要是爲官場的鼠輩而與道上兄弟結怨，那實在是很划不來的事。」

白愁飛目光一動：「你罵朝官，可是，你不也爲他們效力麼？」

王小石長歎：「我自有苦衷。」

白愁飛瞭解地一笑道：「我們都情非得已。」他認真的問：「我已做了那些事，三弟，你會原諒我嗎？」

王小石即答道：「這是什麼話！二哥，咱們是兄弟呀！」

「咱們既是兄弟，」白愁飛搭在王小石肩上的手，突然自肩起到腰脅間一路疾封了他十二個穴道：「你就只好再原諒我一次。」

王小石想要抵抗已不及：「你……」

「咱們既是兄弟，」白愁飛冷笑道：「你就不該當眾當好人，糾眾來當面拆我的局！」

他撮唇作嘯。

任怨立時掠入，他一見王小石已倒下，唇邊立泛笑意。殘忍的笑容。

王小石痛心地道：「你爲什麼要這樣做？」

「此時此境，我能不這樣做嗎？」白愁飛反問：「你揭破我的假局，我也要讓你當不成好人。」

然後他轉向任怨：「我已封了他的穴道，而我又知道你有一種特殊的本領，你知道怎麼辦吧？」

任怨道：「你要他說出一些他自己不想說的話？」

白愁飛道：「對了！」

「二哥，你這樣做，實在令我……」王小石痛心疾首的道：「回頭吧！二哥，現在還來得及。」

「是嗎？」白愁飛微笑對王小石道：「可惜你已來不及了。」

白愁飛一頷首，任怨就把王小石挾了出去。

任怨的掌心貼在王小石的背心上。

——饒是王小石武功蓋世，但覺有一股怪異已極的氣流，盤結迴蕩於體內，時又像一把利刃，把自己的五臟六腑當作是磨刀石，不斷的擦捺著。

「你放心，在你還沒完成太師重託之前，我是不會殺你的；」白愁飛又拍拍他的肩膀：「我們還是兄弟，可不是嗎？我只是要你和我站在同一條陣線上而已。」

王小石第一次被他拍肩膀的時候，覺得親切，到白愁飛第二次伸手往他肩上拍來的時候，他只感到恐懼。

——那感覺就像一頭豺狼伸舌舐向他的臉上。

任怨並沒有跟他站得很近，但他在袖裡暗扣著王小石的脈門；不是特別眼尖的老江湖，還真絕對看不出來，任怨正在挾制住王小石。

任怨手中暗暗施力，使王小石跟他行出大堂，白愁飛尾隨於後，施施然地笑道：「嘿嘿，咱們真是大水沖著了龍王廟，全是自家人哩。原來這兒的事，咱們是同一個主子的，你還是我的上司呢。」

任怨暗一催力。

王小石只覺一股怪力湧來，喉如刀割，臉肌抽搐，無法不啓唇開口，可是聲音卻發不出來。

可是話是任怨以腹語代他說的：「二哥……二哥剛才真是莽撞……其實下恙的事兒咱們誰下手還不是一樣嘛！」

白愁飛推諉的道：「不一樣，不一樣，你是主持人，我只是執行者。」

「王小石」又道：「反正咱們的目標一致就是了。既然堂上的人都知道個中真相，不如把他們都宰了算了。」

王小石這般一說，眾皆嘩然。

他們悲憤、絕望。

——原來以爲是大夥兒「救星」的王小石，也是同一樣的貨色！

白愁飛假意阻止：「這……不大好吧！他們畢竟是京城裡成了名的人物，這樣殺光他們，我也有些不忍……如果他們能識時務爲我們所用，應可考慮讓他們留得性命……」

王小石又氣又急。

可是他就是無法真正說出他心裡所要說的話。

——當一個人不能爲自己辯白，不能說他自己想要說的話，而他說的話全被曲解、他的形象完全任人恣意破壞之時，他心裡的感受，又是如何？

花枯發恨極了。

他手裡暗扣了他的獨門暗器。

——橫豎今晚已活不過去了，而且還連累了一眾武林同道，不如拚死一擊，殺了這個罪魁禍首再說！

他認準了目標。

目標是王小石。

◇◇◇◇◇◇

人生總有些時候，是關鍵的一刹。

這時應是王小石生命裡的一個關鍵。

——生死存亡，成敗榮辱，有時全在一個運氣或時機裡，這樣說來，人，實在是很沒有什麼依憑的。

不過王小石總算是幸運的。王小石之幸，也可以說是在堂內一眾雄豪的幸運。因為王小石的命運，絕對牽涉及影響這一些，他大都是素不相識的人的一生。

——人就是這樣，誰被誰影響了一生，連自己都不能預測、莫能把握的！

這刹那間，一人自天而降，一人自柱後閃出！

自天而降的是一個美麗的女子。

還有她那一片美如星子的刀光。

溫柔。

溫柔揮刀，砍向白愁飛。

她不是要殺他，而只是要逼退他。

——當然，憑她的刀法，就算是要殺白愁飛，絕對是力有未逮的事。

不過，憑她和方恨少的輕功，要掩近而不爲白愁飛等人所知，還不算是太難的事。

王小石和白愁飛在內堂的情形，他們已落在眼裡。

另一個自柱後閃出來的人，自然就是方恨少。

他一出手，就是「晴方好」。

扇子一開一合間，便逼退了任怨。

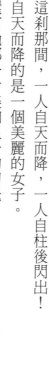

然後他一面大嚷：「王小石是受他們挾制，剛才的話不是他要說的！」一面把扇面一合，急打疾點，要替王小石解開受制之穴道。

可是白愁飛的「驚神指」點穴法，實非方恨少的功力可以一擊解開。

這時極其危急。

任怨稍被逼退，旋又撲上。

就在這時，花枯發的「一葉驚秋」，已激射了出去。他原本的目標是王小石，但經方恨少和溫柔這麼一鬧，頓使他猛然想起：

——就在剛才，他也曾爲任怨所制，說出了他自己所不想說的話來！

——一定是那冷血妖人搞的鬼！

是以他的暗器，飛射任怨！

這是花枯發的獨門暗器，任怨不敢大意，只得先把攻勢撤去，全神以對。

方恨少得以稍一喘息，全力爲王小石解穴。

以白愁飛的功力，要擊倒溫柔，絕對不需要三招。

——一招就可以了。

溫柔一刀落空，白愁飛一指就捺在她的額上。

但白愁飛並沒有使勁。

他見砍他的是溫柔，不禁呆了一呆。

他實在不忍心殺她。

他也不想殺她。

——更何況，殺了溫柔，就等於跟洛陽溫家的人爲敵，這種情形更是準備雄圖大展的白愁飛所不願做的。

他不殺溫柔，溫柔可刀光霍霍，一刀刀老往他身上砍。

那邊廂，八大刀王齊出動，要即時制止方恨少救王小石。

唐寶牛大喝道：「有我阿牛，沒你便宜！」

張炭也叱道：「先過我這一關再說！」

兩人聯手，竟奮力纏住八名刀客。

那邊卻還有一個任勞。

任勞悄沒聲色，已閃到方恨少身後，想了一記狠著。

只是狠著未施，忽見一箭，當胸射來。

他臨急一記鐵板橋，躲開一箭，不料那一箭擊空，箭尾在半空中發出「叮」的一響，又激吐出一枚小箭，往下急射。

任勞要不是早先見過這種箭法的防不勝防，這下可是準吃定了虧，但他早已提防，反應奇快，及時雙指一挾，已挾住小箭。

向他出手的正是何小河。

歐陽意意和祥哥兒也要動手，可是給那幾個剛才已暫時解恙的花門弟子纏住了。

就這麼一延宕間，忽聽大喝一聲，震得眾人耳裡嗡的一響，竟不由自主，停下了手。

只見王小石叫了那一聲後，哇地咯出一口血。

他已衝開受制的穴道。

——方恨少始終解不開白愁飛「驚神指」所封制的穴位，但王小石卻借了他的內勁，自行衝破穴道。

這一來，王小石因急於破穴，內傷甚重。

不過無論如何，穴是解了。

白愁飛一揚袖，甩開溫柔。

王小石面對他。

拔劍。

含著怒意。

劍已經拔了。

憤怒的劍。

◇◇◇

王小石一向都是刀劍合一的。

他拔出了他的劍，也等於拔出了他的刀。

◇◇◇

白愁飛長笑，然後長嘆：「終於有這麼一天了。我多想跟你交手，以十指會會你的刀劍。」

「我不想和你交手，」王小石痛苦地道：「你不要逼我。」

「我是想和你決一勝負，」白愁飛遺憾地道：「可是卻不是現在。」他丟下這句話，然後帶著任勞、任怨、八大刀王、歐陽意意和祥哥兒等人，揚長而去：「等你辦好了那件事，咱們再來決一死戰。」

「發黨」花府裡群雄之危終解去。

這一干市井豪俠，對王小石、張炭、唐寶牛、溫柔、方恨少、何小河等人，心中銘感，但也有些人鑑於前車之鑑，對王小石等之舉措仍甚感疑懼。

王小石則在撫劍沉思。

他在想什麼？

——是不是想：該不該為了保存「金風細雨樓」的實力，而替蔡京殺諸葛先生？是不是在想：當日他和白愁飛一道上京來，曾聯袂作戰，同生共死，還一起大破「六分半堂」，怎料此刻兄弟竟成仇敵？

與此同時，在太師府裡的蔡京也接到魯書一的報告：「葉棋五和齊文六已跟王小石動過了手。」

蔡京毫不驚訝：「輸了？」

魯書一垂首道：「輸了。」

蔡京淡淡地道：「他們還沒有死，是因爲王小石不想殺他們，他一直都留存了實力。」

未久，燕詩二也來報：「王小石已揭破白愁飛在『發夢二黨』意圖控御群豪的計策。」

蔡京一笑道：「果然。有沒有動手？」

燕詩二謹報：「兩人揭破了臉，但白副樓主礙於未得太師指令，不敢出手，避戰而去。」

「他們遲早會打上這一場的；」蔡京徐徐離席，走到欄前，看滿園花葉，爭艷鬥麗：「當日他與我見面之後，即手書『大丈夫安能久事筆硯間乎』十一字，那是班超少時，雄懷大志，嘗投筆長嘆：『大丈夫無他志略，猶當效薄傅介子、張騫立功異域，以取封侯，安能久事筆硯間乎？』志氣和口氣都很不小。王小石無意間寫這幾個字，絕不可小覷。」

他望著滿園花木，沉沉自語：「……這樣的一個人，自是不能不用、不得不防。」

其實，他貴爲一國太師，朝中權貴，多爲他的門生親信，然而他終日浸淫於書法繪畫間，哪裡有時間爲國治事？而今連一個王小石他也殫精竭力來推敲對方的心意，哪還有精力處理國家大事？國家社稷，若掌握在這種人的手裡，又焉能不亂？豈能不百病叢生？

請續看《驚艷一槍》

完稿於一九八八年七月廿九日/韓國體育日報譯載「戰將」期間

校於一九八九年一月十八日第四度申請赴台得成。

再校於一九九〇年二月六日三俠七返馬過年行。

「劍」跋

笑擁寂寞

溫瑞安

我是一個愛交朋友和愛朋友的人。我愛朋友「幾乎」尤甚於寫作——不過，寫作畢竟能跟我同甘共苦，長相廝守；朋友，再要好的朋友，到底也不一定能夠。

每一個朋友都是我的一段記憶。在我的作品裡，我常常用各種「方式」或「技巧」或「情節」來記念他們（就算有仇怨罷）。我也常常忘了他們其中令人遺憾或遺恨的事，而記住大家在一起何其有意義的歡樂時光。

「劍」也是這樣。一些共聚相知的好友，有的還在，有的散了，人生如許無常，寂寞真是不分樓東樓西、裡裡外外的。我想我比古龍更愛歡聚，更怕寂寞。寂寞是躲不了的，所以只有笑擁寂寞。寫作本來就是一條寂寞的路。幸好這條寂寞道上斷斷續續、前後左右都有知交友好相伴。他們仍在的，我珍惜；不在的，我懷念。「劍」就是一個紀念。

必須向讀者交代的是：在寫作上，我一向都不喜歡雷大雨小，而且更不希望有始無終。不過，有好幾部書，迄今都是出版了前幾集，便無下文了——這絕非我所願，主要原因是：一、讀者可能不大了解：這些出版成冊的作品大都是先經過報章雜誌連載或發表的。要連載、發表，就得要耐心等待，否則，書一旦出版，對正連載刊登著的報章雜誌就有欠公平。二、我的作品（尤其武俠小說）通常都會在三、四個國家同時發表刊登，有時還會有八、九個不同地區之多，就算本地報刊的連載登完了，因爲版權上的顧慮，有時仍要耐心等候，不能要出書就立刻付梓。三、既要報章雜誌先行刊載，就會碰到一些其他的問題：譬如一些報刊總是要你重新爲他寫一個全新的故事，一些編者多會要你爲他創造一些嶄新的系列。萬一遇上該報夭折、終止出版、甚或稿子被腰斬、編輯方針改變，在這種「天災人禍」的情形下，且又遇上其他的催稿聲迫，不是你要一口氣寫完一個系列就能如願以償，也不是你想寫一部書就即刻能一氣呵成的。誰都不願去登一些已經讓別家登了一大段的作品，誰都只好先把目前緊迫盯人的稿債先行「清償」再說；故而，有好些作品，因此暫遭擱置。

給我一點時間和機會吧！我總會把它們完成的。一個孩子，生下來了，就必須要讓他如常長大、完成教育，這才算是個完整的「人」。我一向當我的作品是我的孩子。我的「生產力」決不算低，如以一冊書爲一個孩子來計，我快要爲第一百個孩子慶生了。

稿於一九八八年四月
香港新居「金屋」入伙
校於一九八九年一月十六日方返馬
再校於一九九〇年二月十日返金保探母

作者通訊處：香港北角郵箱 54638 號
作者傳真：（852）28115237

【武俠經典新版】說英雄·誰是英雄系列

一怒拔劍（下）

作者：溫瑞安
發行人：陳曉林
出版所：風雲時代出版股份有限公司
地址：10576台北市民生東路五段178號7樓之3
電話：(02) 2756-0949
傳真：(02) 2765-3799
執行主編：劉宇青
美術設計：許惠芳
行銷企劃：林安莉
業務總監：張瑋鳳

初版日期：2021年10月新版一刷
版權授權：溫瑞安
ISBN：978-626-7025-04-8
風雲書網：http://www.eastbooks.com.tw
官方部落格：http://eastbooks.pixnet.net/blog
Facebook：http://www.facebook.com/h7560949
E-mail：h7560949@ms15.hinet.net
劃撥帳號：12043291
戶名：風雲時代出版股份有限公司
風雲發行所：33373桃園市龜山區公西村2鄰復興街304巷96號
電話：(03) 318-1378
傳真：(03) 318-1378
法律顧問：永然法律事務所 李永然律師
　　　　　北辰著作權事務所 蕭雄淋律師
行政院新聞局局版台業字第3595號 營利事業統一編號22759935

國家圖書館出版品預行編目資料

一怒拔劍（下）／溫瑞安 著. -- 臺北市：風雲時代，
2021.09- 冊；公分 (說英雄.誰是英雄系列)
武俠經典新版

ISBN 978-626-7025-04-8（下冊：平裝）

1.武俠小說

857.9　　110012802